LA RÉVOLTE DES ANIMAUX MOCHES

De la même autrice au Rouergue

L'immeuble qui avait le vertige - roman dacodac, 2015.
Ma fugue chez moi - roman doado, 2016.
Le jour où les ogres ont cessé de manger des enfants - album jeunesse (Illus. Loïc Froissart), 2018.
Nos mains en l'air - roman doado, 2019.

Illustration de couverture : Anne-Lise Combeaud
Graphisme de couverture : Olivier Douzou

www.lerouergue.com

dacodac

Coline Pierré

la révolte des animaux moches

Illustrations de Anne-Lise Combeaud

rouergue

Pour Cyrus,
qui possède encore cette belle liberté de ne pas savoir qu'il existe des animaux moches et des animaux mignons, et qui les considère tous avec autant d'enthousiasme.

– Les choses sont ainsi faites.
On ne peut pas changer la nature.
– La nature n'est faite que de changements, papa. On peut faire évoluer les choses, chacun à son niveau. Et ça commence le jour où on le décide.

Brad Bird, *Ratatouille*

chapitre 1
Septembre 2034

En 2034, au programme d'histoire de la classe de CM1, on étudie l'année 2018.

Sven le hyène est passionné d'histoire et il est impatient d'en savoir plus sur cette époque importante. Ses deux périodes préférées sont le Jurassique et ses fabuleux dinosaures, et l'Égypte antique et ses milliers de secrets. Comme Sven aime beaucoup apprendre, il sait beaucoup de choses. Et il ne peut pas s'empêcher de corriger les autres quand ils disent des bêtises, ce qui les agace souvent. Alors Sven n'a pas vraiment de copains. Ses meilleurs amis sont les brontosaures, les diplodocus et

Anubis, le dieu égyptien à tête de chacal. Autant dire qu'ils ne sont pas très causants.

Ce matin, lorsque le maître annonce qu'ils vont étudier la Révolution de 2018, Sven le hyène ricane de joie.

– Lèche-bottes, se moque sa voisine, Tien-Hou la kangourou.

Mais Sven s'en fiche, car il sait que ça va être passionnant. Sur le tableau numérique, le maître affiche la photo d'une jeune humaine aux longs cheveux noirs.

– Voilà Sarjana Kmahil, dit le maître. C'est grâce à elle que nous, animaux, pouvons aujourd'hui aller à l'école, apprendre à lire, à écrire, à compter. Et surtout, vivre la vie que nous voulons. Ne l'oubliez jamais.

– Miiiiiouais, c'est surtout grâce à elle qu'on est obligés de travailler, miaule Mischa le chat, qui somnole au fond de la classe en ronronnant. Il paraît qu'avant la Révolution de 2018, les chats pouvaient dormir dix-huit heures par jour au lieu d'aller à l'école.

Mais personne ne l'écoute vraiment. Martin le lapin lève l'oreille pour prendre la parole, et demande :

– Qu'est-ce qu'elle a fait, cette dame ?

– C'est une scientifique indienne, explique le maître. En 2018, elle travaillait à l'université de Bombay et étudiait nos langages à nous, les animaux. À cette époque, la plupart des êtres humains pensaient que les animaux étaient moins intelligents que les humains.

– N'importe quoi ! s'exclame Sven le hyène.

– Justement, continue le maître, Sarjana Kmahil ne pensait pas ça. Elle s'est inspirée de certaines de nos techniques de communication, comme la danse des abeilles ou les ultrasons des dauphins, et, après plusieurs dizaines d'années de travail, elle a réussi à mettre au point une langue universelle.

– C'est la langue qu'on parle ? demande Noam l'hippopotame.

– Exactement, la seule langue qui permet à tous les animaux de la Terre de se comprendre. Du moucheron à l'éléphant, du lézard au colibri, du poisson-clown à l'humain.

Mais les élèves ne réalisent pas vraiment. Pour eux, c'est juste normal de pouvoir parler tous ensemble. Ils n'ont jamais connu un autre monde que celui-ci.

– Alors ça veut dire qu'avant, un chat et une girafe ne pouvaient pas se parler ? demande Martin le lapin, circonspect.

– Eh non, dit le maître.

Cette fois, les élèves ont compris. Le maître leur demande alors ce qu'ils savent de l'époque qui a précédé la Révolution de 2018.

– Ça s'appelle la « Domination humaine », dit Martin.

– Exactement, et vous savez pourquoi ?

Sven prend la parole :

– Parce que les humains mangeaient les animaux. Enfin, certains animaux. Et puis ils en utilisaient d'autres pour faire des chaussures, des sacs à main ou de la colle.

De grands cris d'effroi fusent dans la classe.

– C'est impossible !

– C'est horrible !

– Tu racontes n'importe quoi !

Le maître fait cesser les cris et dit :

– Sven a raison. Mais les animaux aussi se mangeaient entre eux. Les lions dévoraient les gazelles, les poules mangeaient des vers de terre. Mais grâce à la découverte de Sarjana Kmahil, les humains et les animaux se sont engagés à ne plus se manger les uns les autres. À la place, on a imaginé les plats à base de légumes, de céréales et de légumineuses que vous connaissez bien.

Le maître montre alors des images d'archives de manifestations d'animaux, et d'autres où l'on peut voir des humains et des animaux de toutes les espèces signer un traité de paix. Sven est fasciné.

Le maître explique :

– Les humains ont partagé avec nous une partie de leurs espaces et de leurs savoirs. Les animaux ont appris à lire et à écrire, nous avons des métiers, des voitures et des maisons. Vous savez comment s'appelle l'ère dans laquelle nous vivons ?

– C'est l'Égalité animale ! répondent en chœur les enfants-animaux.

– Exactement.

– Quelle époque formidable ! dit Sven le hyène, rêveur.

– Tout n'est pas encore parfait, tempère le maître. À part pour quelques animaux, l'égalité n'est pas vraiment réelle. Nous vivons en parallèle des humains, mais vous avez sans doute remarqué que nous habitons des quartiers différents, nous fréquentons des écoles différentes, nous avons moins d'argent… Il y a encore du travail ! Et pour cela, nous comptons sur votre génération.

À cet instant précis, Sven décide que cette période de l'histoire sera sa nouvelle époque préférée. Il veut être le digne descendant de ceux qui se sont battus pour l'égalité entre les animaux et les humains. Quand il sera grand, lui aussi se battra pour ses droits.

chapitre 2

Dans la cour de récréation, les élèves disputent une partie de balle au prisonnier. Marie-Odile la crocodile est nouvelle dans l'école et elle joue à ce jeu pour la première fois. Marie-Odile aimerait bien se faire des amis, mais tout le monde la trouve rabat-joie. Il faut dire que ses centres d'intérêt n'ont pas grand-chose à voir avec ceux de ses camarades. Marie-Odile est née le poing levé (enfin, aussi haut qu'une crocodile peut lever le poing) : elle veut faire cesser les guerres, venir en aide aux plus démunis et se battre contre les injustices de la terre entière.

Au beau milieu de la partie, Marie-Odile lâche soudain le ballon et dit :

– Ce jeu est beaucoup trop violent, on se tire dessus, on se fait prisonniers. Pas étonnant que le monde soit en guerre ! Je propose que nous changions les règles.

Mais les autres enfants n'ont rien à faire de ses idées. Ils veulent continuer à appliquer les règles qu'ils connaissent depuis toujours, et Marie-Odile leur casse les pattes avec son discours moralisateur.

– Tu nous gonfles, Marie-Odile ! Tu n'as qu'à te trouver un autre jeu.

Marie-Odile se fait chasser du terrain avant même d'avoir pu expliquer ce qu'elle avait en tête. Elle imaginait un jeu sans équipes ni affrontements. Au lieu de se tirer dessus, on se serait aidés à ne pas faire tomber le ballon, par exemple.

Marie-Odile s'écarte du groupe d'élèves et retourne s'asseoir sur le muret de la cour de récréation pour s'adonner à son activité habituelle : tricoter des pulls qu'elle offre aux sans-abri. Mais la crocodile a le cœur lourd, elle se sent seule. En observant distraitement la cour de récréation, elle remarque d'autres élèves isolés. Un serpent est en train de danser autour de la rampe d'escalier, un hyène lit un livre assis sur un banc au fond de la cour, et une petite mygale saute dans les feuilles mortes au pied d'un arbre.

« S'ils sont tous seuls, se dit Marie-Odile, ça signifie peut-être qu'on se ressemble ? » Elle décide d'aller les voir. À chacun, elle répète le même discours. Quelque chose comme :

– Bonjour, je m'appelle Marie-Odile. J'ai remarqué que tu étais tout seul, comme moi. Alors peut-être qu'on pourrait devenir amis ?

La petite mygale, qui se nomme Pascale, rougit et dit :

– Tu crois ? Je ne sais pas si je suis intéressante.

Issa le boa, lui, est très enthousiaste. Il s'exclame :

– Je suis sûr qu'on va devenir les meilleurs amis du monde !

De joie, il s'enroule autour de Marie-Odile pour la remercier, ce qui la surprend un peu. Mais Marie-Odile ne proteste pas, elle a pour principe d'accepter les différences et les excentricités des autres sans juger.

Sven le hyène, quant à lui, se vexe un peu. Plein de mauvaise foi, il dit :

– Si je suis tout seul, c'est parce que les autres ne m'intéressent pas.

Malgré tout, il accepte la proposition de Marie-Odile de se retrouver tous les quatre à la récréation suivante pour faire connaissance.

Après le déjeuner, ils s'installent en rond dans le coin le plus calme de la cour et commencent à discuter. Ils parlent de tout et de rien, de l'école, de ce qu'ils aiment et de ce qu'ils n'aiment pas. Ils voient bien qu'ils n'ont pas forcément les mêmes centres d'intérêt, mais ils s'écoutent les uns les autres et partagent leurs passions. Marie-Odile parle de sa participation au Conseil Municipal des Jeunes Animaux de la ville. Issa leur montre quelques pas de claquettes, Sven partage ce qu'il sait sur la Révolution de 2018 et leur raconte des histoires qu'il a lues, et Pascale leur apprend à reconnaître les différentes essences d'arbres.

Très vite, ils comprennent ce qui les rapproche : s'ils n'ont pas d'amis, c'est à cause de leur mocheté. Ils n'ont pas l'élégance des chevaux ou des animaux sauvages nobles, ils ne sont pas attendrissants comme les anciens animaux domestiques ou de ferme, ils ne sont pas mignons, pas doux. Ils ont beau être gentils, sensibles, généreux ou intelligents, presque personne ne le sait, car ils sont jugés sur leur physique.

Ils prennent l'habitude de se réunir pendant la récréation. D'abord, pour passer le temps, parce que c'est agréable de ne plus être seul. Puis, sans s'en rendre compte, ils deviennent amis. Tellement amis qu'ils font un jour le serment de ne jamais se séparer, serment qu'ils gravent sur l'écorce d'un hêtre tortillard (un drôle d'arbre complètement tordu qu'ils adorent), un mercredi après-midi d'automne.

Leur âge est inversement proportionnel à leur taille : Pascale la mygale, la plus petite du groupe, est aussi la plus âgée, puis vient Sven le hyène, plus grand, mais plus jeune de trois mois, Issa le boa, encore plus grand et plus jeune d'un an, et enfin Marie-Odile la crocodile. Avec ses quatre mètres de long, et ses six mois de moins qu'Issa, elle est la plus jeune (et la plus fougueuse) du groupe.

Désormais, ils forment une drôle de bande aussi mal assortie qu'inébranlable.

chapitre 3
Seize ans plus tard, février 2050

Pascale la mygale, Sven le hyène, Issa le boa et Marie-Odile la crocodile ont grandi côte à croupe. Ils sont devenus de jeunes adultes. Ils ont terminé leurs études et trouvé (non sans mal) un travail sans importance, du genre de ceux qu'on veut bien laisser aux personnes sans importance. Car les métiers prestigieux et bien payés sont réservés aux humains et aux animaux plus nobles et plus beaux, comme les chevaux, les lions ou les chiens. Issa est employé dans un fast-food, Marie-Odile est standardiste dans une entreprise de papier, Sven travaille dans l'entrepôt d'un hypermarché, et Pascale est l'assistante de l'assistante d'une comptable.

Les quatre amis décident d'emménager ensemble en colocation. Ils épluchent les petites annonces sur internet et visitent quelques logements dans les quartiers pour animaux. Beaucoup sont en mauvais état, car les propriétaires entretiennent moins bien les immeubles et les maisons destinées aux animaux que celles où vivent les humains. Après des dizaines de visites, ils tombent enfin sur la location de leurs rêves : une drôle de maison, tout étroite et très haute avec cinq chambres, une à chaque étage, et un joli salon lumineux à partager au rez-de-chaussée.

– Oh, il y a même une terrasse et un jardin ! s'exclame Marie-Odile.

– Regarde, Issa, dit Pascale, tu pourras y faire pousser tes herbes aromatiques. Enfin, quand on aura enlevé toutes ces ronces.

Les quatre amis sont ravis. Ils règlent les formalités administratives avec le propriétaire et s'installent dans la foulée.

Chacun décore sa chambre à son image. Celle de Pascale, au premier étage, est petite et douillette, remplie de plantes vertes sur lesquelles la petite mygale peut grimper, sauter, glisser, et tisser de magnifiques toiles. Au second étage, Marie-Odile la crocodile recouvre les murs de sa chambre d'affiches militantes. Celle de Sven, au troisième étage, renferme la grande bibliothèque de la maison. Au dernier étage, sous les toits, Issa est installé dans une grande chambre, où des miroirs et des barres de danse sont accrochées partout au plafond et sur les murs mansardés. La cinquième chambre, située au rez-de-chaussée, fait office de bureau et de chambre pour les amis de passage (même s'il faut reconnaître qu'ils n'ont pas beaucoup d'autres amis).

Le soir, les quatre compères se retrouvent à la maison et cuisinent ensemble, ils regardent des films, partagent leurs découvertes et se consolent de leurs chagrins d'amour. Ils mènent une vie douce et paisible, même s'ils sont toujours ignorés et méprisés par les humains. La plupart du temps ils s'en fichent, car ils n'ont pas besoin de l'admiration des autres pour être heureux. Mais parfois, lorsque l'injustice ou la cruauté du monde s'immisce dans leurs vies, ils se mettent en colère.

C'est cette colère qui est à l'origine de la Révolte des Animaux Moches.

chapitre 4

– Non mais regardez-moi ce prétentieux ! s'exclame Marie-Odile.

Marie-Odile la crocodile, Issa le boa, et Pascale la mygale sont affalées sur le canapé, un énorme seau de pop-corn sur les genoux. À côté, Sven le hyène, lunettes rondes sur le bout du museau et crayon à la patte, lit un petit livre rouge en suivant la conversation d'une oreille distraite. Sur l'écran de télévision, un élégant cheval blanc moucheté secoue sa longue crinière soyeuse comme s'il s'agissait d'une pub pour du shampoing. Trois petites filles portant des tresses et des jupes violettes le regardent, des cœurs plein les yeux.

Elles courent vers lui et l'encerclent pour lui faire un câlin. L'une d'entre elles saute sur son dos et le cheval lance un clin d'œil à la caméra avant de s'éloigner au trot.

– Un clin d'œil à la caméra ! tempête Marie-Odile, de plus en plus remontée. Il ne doute vraiment de rien, ce Martial.

Issa fait une moue de dégoût, sans pour autant réussir à quitter l'écran des yeux, hypnotisé par le spectacle. Il siffle de mépris et dit :

– Ce n'est pas nouveau. Martial était comme ça bien avant de devenir une star de la télé.

Jusqu'à l'âge de sept ans, Martial le cheval était le meilleur ami d'Issa le boa. Ils faisaient tout ensemble : ils pataugeaient dans la boue, se roulaient dans l'herbe, se collaient des chewing-gums sur la tête, et dansaient le plus ridiculement possible. Mais, en entrant à l'école, Martial avait découvert une vérité à laquelle leur amitié n'avait pas résisté : il était beau. Tellement beau qu'il était très vite devenu la star de l'école et avait pris la grosse tête. Il jouait au dur et au séducteur, paradait dans la cour de récréation fier comme un coq, et brisait le cœur de toutes les filles.

Surtout, Martial avait abandonné Issa, celui qu'il nommait auparavant son Meilleur Ami Pour Toujours. Il s'était trouvé des amis qui lui ressemblaient plus, des amis beaux et populaires. Il niait même qu'Issa et lui avaient un jour été proches.

Issa avait été profondément blessé, parce qu'il considérait Martial comme son frère.

Même s'il savait que le cheval n'en valait pas la peine, il ne pouvait s'empêcher d'être parfois triste ou rancunier. Surtout depuis que Martial était devenu une star de la mode. On trouvait des posters de Martial, des autocollants de Martial, des équipements d'équitation à l'image de Martial, une gamme de shampoings spéciale « crinière soyeuse » à son effigie, un dessin animé, des livres et même un magazine *Martial le cheval*.

Issa avait acheté le premier numéro. Ça lui faisait du mal, mais il n'avait pas pu s'en empêcher, comme on ne résiste pas à passer sans cesse sa langue sur une dent douloureuse. On y voyait Martial galopant dans un pré, Martial galopant dans les marais, Martial trottant sur la plage, Martial sautant, posant, Martial avec un chignon, deux couettes, trois tresses, Martial en gros plan, Martial de loin, Martial habillé, coiffé, brossé, Martial, Martial, Martial partout.

Issa avait jeté le magazine et juré de ne plus jamais regarder une photo ou une vidéo de Martial. Jusqu'à ce qu'il tombe sur cette émission.

– Martial est peut-être prétentieux, dit Pascale avec une pointe de tristesse, mais il a de la chance. Moi, j'aimerais bien que des petites filles à tresses me fassent des câlins.

– Sois réaliste, Pascale, dit Marie-Odile. Tu es une mygale, tu piques ! Moi non plus ça ne me donne pas très envie de te faire des câlins. Et pourtant, tu sais que je n'ai pas les écailles très sensibles.

Marie-Odile manque parfois un peu de délicatesse. Comme elle milite dans des associations humanitaires depuis l'enfance, elle partage au quotidien les souffrances des autres. Au fil du temps, ça l'a endurcie. Alors elle n'hésite pas à dire les choses avec franchise et ne se rend pas toujours compte qu'elle peut vexer ses amis.

– Tu n'as pas envie de me faire des câlins ? s'inquiète Pascale au bord des larmes. C'est méchant, ce que tu dis.

– Excuse-moi Pascale, se ravise Marie-Odile en frottant son museau sur la tête de la mygale. Ce n'est pas ce que je voulais dire. Mais tu ne peux pas le nier : tous les quatre, nous sommes beaucoup moins beaux que Martial, c'est un fait. Je comprends que les enfants n'aient pas très envie de faire des câlins à une crocodile rugueuse ou à un boa gluant.

Issa siffle de mécontentement.

Sven le hyène corne la page de son livre et le pose à côté de lui. Il enlève ses lunettes et observe avec consternation ses camarades se disputer pour la deux cent cinquante-troisième fois au sujet des chevaux. Il se lève d'un bond, saisit la télécommande avec autorité et éteint la télé.

– Hééééé, mais qu'est-ce que tu fais ? s'indignent les trois autres en chœur.

Sven se plante devant eux.

– Pourquoi est-ce que vous passez votre temps à regarder ces émissions débiles sur les chevaux ?

– Ben, pour dire du mal d'eux, explique Issa. Ça fait du bien. On se venge.

– Et puis ce sont des stars, ajoute Pascale. Ça fait rêver aussi…

– Ce sont surtout des manipulateurs ! tempête le hyène. Ils sont riches et célèbres alors qu'ils n'ont rien fait pour le mériter. Les humains aiment les chevaux depuis toujours juste parce qu'ils savent frimer. Ce sont des fayots ! Pour se faire bien voir, ils laissent les humains monter sur leur dos, ils acceptent de sauter par-dessus des barrières, de faire des courses…

– En même temps, dit Pascale en rigolant, tu imagines le spectacle si on faisait des courses de mygales ou de crocodiles ?

Sven pouffe de son rire strident de hyène.

– N'empêche que grâce à ça, dit Marie-Odile, les chevaux sont importants. Je veux dire : ils font de la politique, ils dirigent même le ministère des Animaux. Mais ils se fichent de notre sort. Ils défendent leurs propres intérêts et ceux de leurs copains chiens et chats… Alors moi, je pense qu'on *doit* se moquer d'eux pour rétablir la justice.

– Vous perdez votre énergie, dit Sven. Ils n'ont rien à faire de vos moqueries. Et puis, surtout, ça vous rend méchants les uns envers les autres.

Ses trois amis baissent les yeux, pas très fiers. C'est vrai qu'au lieu de dire du mal des chevaux, ils ont fini par dire du mal d'eux-mêmes.

– Si vous voulez rétablir la justice, il faut rester unis.

– Tu as raison, siffle Issa. Mais qu'est-ce qu'on peut faire ? On est moches, on pue, on pique, on est gluants. Alors tout le monde croit qu'on est bêtes ou méchants.

– On ne sera jamais à la hauteur des chevaux, dit Pascale la mygale en pleurniflant bruyamment. Ils sont trop parfaits.

Marie-Odile et Sven se lancent un regard entendu. Une idée est en train de germer dans leurs esprits.

– Ils ne sont pas parfaits, ils font semblant de l'être, dit Sven. Nuance !

– Et nous, on est peut-être moches, mais on a d'autres qualités, affirme Marie-Odile. On est plus sympas, plus drôles et bien plus forts. On a l'habitude d'avoir la vie dure.

– C'est vrai, dit Pascale qui reprend du poil de la bête. Dès qu'ils se cassent un sabot, les chevaux se mettent à chouiner.

– Vous avez raison, dit Issa, revigoré. Allez, on va leur casser la gueule !

– Ouais, renversons les canassons ! lance Marie-Odile.

Le boa se dresse sur le canapé, le corps tendu et ondulant comme un serpentin, prêt à étouffer un cheval imaginaire. Marie-Odile a les narines dilatées et la bouche grande ouverte qui dégouline de salive, et Pascale a le poil tout hérissé. Il faut bien reconnaître qu'ils ne sont vraiment pas beaux à voir.

– Non, mais ça va pas ? dit Sven, consterné. On ne va pas leur mettre une raclée.

– Mais on va faire quoi, alors ? demande Issa.

Sven le hyène lève le museau d'un air inspiré et plisse ses petits yeux. Il pense à un plan. Un plan parfait, un plan grandiose, un plan qui pourrait changer la vie des animaux. Savourant le suspens, alors que ses amis sont pendus à ses lèvres, Sven prend sa voix de hyène la plus inquiétante et dit en se frottant les pattes :

– On va réunir des tas d'autres animaux moches et on va faire... la révolution !

chapitre 5

Sven attrape un feutre sur le bureau et dit avec un ton de professeur :

– Le programme est simple.

Sur la fenêtre du salon, il écrit :

Comment faire la révolution ?

1. Recruter d'autres animaux moches
2. Revendiquer notre droit à des câlins
3. Faire perdre leur place de favoris aux chevaux
4. Devenir les préférés des enfants

Sven recule et contemple son plan avec satisfaction :

– C'est un bon programme, dit-il en croisant les bras.

– Un plan parfait, ajoute Pascale.

– Une affaire qui roule, s'exclame Marie-Odile.

– Le succès assuré ! s'écrie Issa.

– Ne vous emballez pas trop les copains, tempère Sven. Il y a encore du boulot. À commencer par recruter d'autres animaux moches. Vous savez comment faire ?

Tout le monde bredouille en regardant ses pattes.

– Ah, vous voyez ! C'est un vrai travail de changer le monde, ça ne se fait pas en touriste. On fait la révolution tout le temps, on vit la révolution, on dort la révolution, on mange la révolution !

– *On mange la révolution ?* Qu'est-ce que ça veut dire ? demande Issa, circonspect.

– On mange des choses qui nous mettent en colère ? blague Pascale. Du piment ? Du café ?

– Peut-être que Sven va nous faire manger des révolutionnaires, se moque Marie-Odile.

– D'accord, d'accord, je me suis un peu emporté, se reprend Sven. Mais ce que j'essaie de vous montrer, c'est que ça demande de l'organisation.

Ses amis acquiescent tandis que Sven tourne autour de la table du salon en se grattant la tempe du bout de la griffe d'un air très sérieux. Soudain, il grimpe sur une chaise et s'exclame :

– Je sais comment on va faire pour recruter des alliés !

Il s'arrête, regarde avec gravité ses compagnons qui trépignent d'impatience. Il annonce alors, fier comme s'il venait d'inventer les baskets à scratchs :

– On va mettre une petite annonce !

L'enthousiasme retombe immédiatement. Marie-Odile plisse les yeux, ouvre grand ses naseaux (c'est l'air qu'elle prend quand elle doute de quelque chose) et dit :

– Et tu vas écrire quoi sur ta petite annonce ? « Recherchons animaux moches pour faire la révolution ? »

– Exactement, dit Sven.

– J'ai une idée, dit Pascale. On pourrait imiter les vieilles affiches de recrutement de l'armée états-unienne. Vous savez, le *I want you for US army* ?

– Super idée ! s'écrie Marie-Odile.

– C'est pas mal, c'est vrai, marmonne Sven (qui aimerait bien avoir l'exclusivité des bonnes idées).

– Issa, comme c'est toi qui dessines le mieux, tu veux faire l'affiche ? propose Marie-Odile.

Fier qu'on lui confie une telle mission, Issa s'empresse de se mettre au travail. Il fait une petite boucle avec son corps de serpent et Sven y glisse le stylo. Marie-Odile dicte le message tandis que le boa écrit :

ANIMAUX MOCHES,
ON A BESOIN DE VOUS !

Sven observe ses amis s'affairer. « C'est vrai qu'Issa a la langue sifflante et la peau visqueuse, se dit-il, que Marie-Odile a les yeux perçants et les dents aiguisées, et que Pascale a beaucoup de poils aux pattes, mais ce sont les animaux les plus gentils de la terre. Pascale ne va quand même pas s'épiler pour correspondre aux canons de beauté ! Marie-Odile ne va pas porter un appareil dentaire ! »

– On s'adresse juste aux animaux moches ? demande Marie-Odile.

– On pourrait aussi inviter ceux qui font peur, ou ceux qui puent comme mon copain Éloi le putois, propose Issa.

Marie-Odile continue à dicter en suivant les suggestions de chacun :

Vous êtes repoussant, visqueux ou rugueux...
Vous mordez, piquez ou puez...
Tout le monde a peur de vous
ou vous trouve ridicule...
Vous voulez que ça change ?
Alors venez manifester avec nous le...

– On organise ça quand ? demande Marie-Odile.

– Samedi prochain ? propose Pascale.

– Impossible, je travaille, dit Marie-Odile en consultant son agenda.

– Et moi, j'ai mon club de lecture, dit Sven. Plutôt dans deux semaines.

– Marie-Odile reprend :

Alors venez manifester avec nous
le samedi 5 mars sur la place Lisa Simpson
à 14 heures !

– Maintenant, il faut un dessin, dit Sven.

– Tu pourrais nous dessiner tous les quatre, la patte pointée en avant, propose Pascale à Issa.

Tout le monde approuve l'idée, même Sven. Issa prend sa plus belle pochette de feutres et commence à dessiner. Quand il est très concentré, les deux petites pointes de sa langue dépassent de sa bouche.

– Et voilà, annonce-t-il fièrement en montrant l'affiche à tout le monde.

– C'est beau, dit Pascale. Bravo !

– Maintenant il ne te reste plus qu'à faire la même chose sur deux cents autres feuilles, dit Sven, l'air de rien.

– Quoi ??

– Ben oui, on ne va pas accrocher une seule affiche.

Issa, dépité, mais obéissant, prend une nouvelle feuille de papier et commence à recopier le message.

– Attendez les gars, dit Pascale. Pourquoi on n'utilise pas l'imprimante de notre ordinateur ?

Les animaux se regardent d'un air un peu benêt.

– Parce qu'on ne sait pas l'utiliser ? dit Issa.

– Moi si. Je m'en occupe, continue Pascale.

Soulagé, Issa glisse la feuille dans le scanner, pendant que Pascale saute sur les touches numérotées de l'imprimante pour taper le nombre « 200 » et appuyer sur le bouton « copie ». Deux cents feuilles recouvertes de la jolie écriture ronde d'Issa, ornée de pleins et de déliés, sortent de la machine en moins de temps qu'il ne leur en a fallu pour rédiger l'annonce.

Ça y est, la révolution est en marche !

chapitre 6

Quatre ombres biscornues se faufilent dans la pénombre. L'une glisse le long des murs dans un sifflement à peine perceptible tandis qu'une seconde rampe la gueule plaquée au sol et l'œil alerte, habituée à guetter le danger. La troisième trottine de manière désordonnée, tous crocs dehors et la crinière enflée à cause de l'excitation, tandis que la toute petite quatrième galope avec ses huit pattes pour suivre la cadence de ses amis, en se retournant tous les cinq mètres, de peur qu'ils soient suivis.

Issa, Marie-Odile, Sven et Pascale ont chacun enfilé un bas sur la tête pour ne pas être reconnus. On dirait un gang de cambrioleurs fous.

Soudain, Sven fait tomber par terre le tas d'affiches roulées sous son bras. Les feuilles s'étalent partout. Certaines s'envolent au loin.

– Flûûûte, lance-t-il avec sa voix perçante de hyène.

– Chuuuuuut, font ses amis.

– Attendez-moi, je dois ramasser.

Marie-Odile et Issa s'arrêtent et se tournent vers Sven. Pascale saute sur les feuilles qui s'envolent pour les retenir.

– Dépêche-toi, dit Issa.

– Minute papillon ! Tu n'as qu'à m'aider, râle Sven. Si tu crois que c'est facile d'attraper des feuilles avec des griffes non rétractables !

– Tu penses vraiment que je m'en sortirai mieux ? Tu as vu des mains quelque part sur mon corps ? demande Issa.

– J'aurais mieux fait de m'associer avec un singe, grommelle Sven. Lui au moins, il servirait à quelque chose.

– Tu crois qu'un singe s'intéresserait à notre cause ?

– Au moins le nasique, dit Marie-Odile, en réorganisant un tas de feuilles. Il serait certainement d'accord pour nous rejoindre. Tout le monde se moque de son grand nez !

– Ou le ouakari chauve. Qu'est-ce qu'il est moche, lui !

Les quatre amis reprennent leur petite escapade nocturne. Chaque fois qu'ils remarquent un mur vierge, ils s'arrêtent pour y poser une affiche dans une chorégraphie maladroite, mais bien huilée : Marie-Odile étale la colle sur le papier puis va faire le guet au coin de la rue tandis qu'Issa se tortillonne pour faire la courte échelle à Sven, qui pose l'affiche sur le mur. Pascale peaufine ensuite l'affichage en tirant sur les coins et en lissant les plis avec ses petites pattes agiles de mygale. En deux temps trois mouvements, plusieurs dizaines d'affiches sont collées dans le quartier des animaux.

Pour éviter de se faire repérer, ils fuient les lampadaires et les caméras de sécurité, et se cachent dans la pénombre dès qu'ils entendent un bruit. Heureusement, les rues sont peu fréquentées à cette heure de la nuit et ils ne croisent personne. Lorsqu'un trio de chauves-souris les survole, Marie-Odile les interpelle :

– Psssst, psssst, vous avez vu nos affiches ? Vous venez manifester avec nous ?

Mais les chauves-souris sont déjà loin et les animaux n'osent pas crier.

Soudain, alors que Pascale est en équilibre sur la tête de Sven qui est en équilibre sur la tête d'Issa, Marie-Odile arrive en courant et dit en chuchocriant :

– La police est là ! Planquez-vous !

Dans la panique, Pascale saute de la tête de Sven qui saute de la tête d'Issa qui saute du muret sur lequel il était juché et tout le monde dégringole sur Marie-Odile qui tombe en plein dans le pot de colle. Le vacarme est épouvantable. Ils abandonnent tout leur matériel sur place et se glissent dans une impasse sombre au coin de la rue.

Celle-ci est occupée par un sans-abri qui s'est fabriqué une cabane en empilant des cartons. Issa se tire-bouchonne à l'intérieur d'un vieux carton de parapluie, Pascale se glisse parmi les feuilles d'un pissenlit, Marie-Odile s'aplatit par terre entre deux cartons pliés, et Sven se roule en boule à côté du sans-abri, la tête glissée sous les pattes, pour se faire passer pour un chien.

Ils restent là, sans bouger, le cœur battant, tandis que des pas alertés par le vacarme s'approchent à toute vitesse.

chapitre 7

Deux policiers, un grand jaguar et un petit humain, sortent de l'ombre et se plantent devant l'affiche que viennent de coller les quatre amis. Ils sont si près que les animaux les entendent depuis leurs cachettes.

– Qu'est-ce que c'est que ce bazar ? demande le jaguar.

– On dirait des affiches et de la colle, dit le petit policier. Éclaire-moi ça avec ta lampe torche.

L'animal s'exécute et pointe sa lumière vers l'immense affiche mal collée sur le mur.

– C'est bien ce que je pensais, dit le policier. Encore une bande de loubards.

– Qu'est-ce qu'ils veulent, cette fois ? demande le jaguar.

– Organiser un rassemblement de moches, dit le policier en éclatant d'un rire gras et hostile.

Pendant plusieurs minutes, les deux policiers se marrent et les animaux dans la pénombre s'impatientent. Marie-Odile montre les dents et plisse les yeux. Elle a bien envie de leur sauter dessus et de les couper en deux avec ses larges mâchoires, tellement elle les trouve idiots. Sven la voit s'agiter et, d'un geste de la patte, lui fait signe de ne pas bouger.

– Quoi qu'il en soit, ils préparent un rassemblement, dit l'homme après avoir retrouvé son calme. Même si je ne donne pas cher de leur démarche, il faut montrer ça au chef. On n'est jamais trop prudent. J'embarque leur matos. Tu as vu où ils se sont enfuis ?

– Pas vraiment, il me semble avoir aperçu des ombres se glisser par là, dit le jaguar en pointant l'impasse de la griffe. Ils n'avaient pas l'air très nombreux.

– Ni très grands, dit le petit avec orgueil.

– Allons jeter un œil.

Les policiers s'approchent de la ruelle à pas de loup, matraques à la main ou entre les dents, prêts à frapper sans distinction sur tout ce qui surgirait de la pénombre. L'humain dégaine sa lampe torche et la pointe vers le fond de l'impasse comme s'il tenait le vieux mur décrépi en joue. Recroquevillés de plus belle dans leurs cachettes respectives, les quatre amis respirent à peine. Sven ferme les yeux, comme s'il espérait que ça le rende invisible.

La lumière réveille le sans-abri qui dormait dans sa cabane. Il passe une tête ensommeillée à travers la fenêtre qu'il a découpée dans le carton. Ébloui, il met sa main au-dessus de ses yeux pour tenter d'y voir quelque chose, et interpelle les policiers.

– Qu'est-ce qui se passe ici ?

– Vous n'avez pas vu passer une bande de voyous ? lui demande le petit policier.

– Si, bien sûr, et ils étaient accompagnés de deux extraterrestres et d'un diplodocus, dit le sans-abri, pince-sans-rire.

– Hey, si tu te paies notre tête, on t'embarque, menace le jaguar.

– Ce que vous pouvez être susceptibles ! Je vous signale que vous m'avez réveillé, c'est plutôt moi qui devrais être fâché. Quoi qu'il en soit je peux vous assurer que je suis seul ici. C'est bon, je peux retourner me coucher ?

– Ouais ouais ouais, dit le jaguar, pas très convaincu. Et qu'est-ce qui nous prouve que ce n'est pas vous qui collez ces affiches, hein ?

– Quelles affiches ? demande le sans-abri, qui commence sérieusement à s'agacer. Vous croyez que j'ai que ça à faire, coller des affiches ? La nuit, je dors moi, messieurs. Et j'aimerais vraiment bien y retourner d'ailleurs parce que je travaille dans…

Il jette un œil à sa montre.

– … deux heures !

Les policiers hésitent encore un instant puis se décident à partir. Le petit se retourne et lance une dernière menace :

– En tout cas, votre copain chien a intérêt à avoir des papiers, sinon on l'embarque !

– C'est ça, marmonne le sans-abri depuis le fond de son carton, où il s'est déjà rallongé.

« Décidément, c'est une obsession chez eux, de vouloir embarquer les gens », pense Sven.

Pendant une longue minute, plus rien ne bouge. Les animaux n'osent pas sortir de leur cachette ni se parler, personne ne prend l'initiative de briser le silence. Soudain, le sans-abri s'écrie :

– Mais il n'y a pas de chien, ici !

Il se lève d'un bond et passe à nouveau la tête par la fenêtre du carton. Il aperçoit alors Sven le hyène, toujours roulé en boule à côté de lui.

– Eh toi, qu'est-ce que tu fais là ? lui lance-t-il.

Sven lève la tête vers le sans-abri et esquisse un sourire gêné qui ressemble plutôt à une menace.

– Salut ! dit-il. Je suis désolé, on n'a pas eu le temps de se cacher ailleurs.

– C'est qui, « on » ?

Les trois autres animaux sortent de leurs cachettes et s'approchent timidement du sans-abri.

– Bonsoir, dit Pascale la mygale.

– Hello ! dit Marie-Odile la crocodile.

– Coucou, dit Issa le boa.

Dans un mouvement de recul, le sans-abri s'enfonce dans son carton.

– Ohlaaaa, calmez-vous, dit la voix au fond de la boîte. Je ne vous ai rien fait, ne m'attaquez pas !

Marie-Odile roule des yeux.

– Mais on ne vous attaque pas, enfin. On vous salue. C'est pas parce qu'on a de grandes dents qu'on va vous manger. On n'est pas dans le *Petit Chaperon rouge*. Quel cliché !

Le sans-abri ressort timidement la tête du carton et dit :

– Avouez qu'on peut quand même en douter. Vous avez vu vos tronches ?

Sven soupire.

Plus pédagogue, Pascale explique que c'est justement pour cette raison qu'ils sont là. Elle parle des affiches et de la manifestation. Le sans-abri semble très intéressé. Soudain, comme si son cerveau venait de faire une connexion, il s'exclame :

– Ah, mais c'est vous les « voyous » ?

– On n'est pas des voyous, grommelle Sven.

– Mais je crois que c'est nous, oui, dit Pascale.

– Génial, dit le sans-abri, rêveur. Je vous soutiens à cent pour cent, les gars !

– … et les filles, ajoute Marie-Odile, cinglante.

– Les gars et les filles, bien sûr. Excusez-moi. Dites, c'est réservé aux animaux ou vous acceptez aussi les humains ?

Les quatre amis se concertent du regard. Ils ne s'attendaient pas à cette question, mais ils sont d'accord : plus ils seront nombreux, plus leur combat aura du poids.

– C'est ouvert à tous, dit Issa. On se réunit dans une semaine sur la place Lisa Simpson. Il y a une affiche au coin de la rue avec toutes les infos, tu verras.

– Je serai là !

– Bon, on va te laisser dormir, suggère Pascale.

– OK, bonne nuit !

Le sans-abri se réinstalle dans son lit cartonné. Les quatre amis le regardent se coucher avec un pincement au cœur. Marie-Odile chuchote :

– On ne peut pas le laisser dormir ici, c'est humide et il fait un froid de canard. Les humains n'ont pas de fourrure ni d'écailles pour se réchauffer.

– Et puis ça semble dangereux, dit Pascale. Ça me donne des frissons.

Marie-Odile s'apprête à interpeller le sans-abri, mais elle réalise qu'elle ne connaît pas son prénom.

– Dis euh… Monsieur ?

– Alfred, lance le carton. Je m'appelle Alfred.

– Tu ne voudrais pas venir dormir chez nous, Alfred ? On a une chambre d'amis, avec un lit, une couette, du chauffage…

– Et du pop-corn ! ajoute Issa, plein d'entrain.

Alfred se relève encore une fois.

– C'est gentil, les gars et les filles. Mais je dois vraiment me lever bientôt. Un autre jour, peut-être ?

– D'accord, dit Marie-Odile. Viens vraiment quand tu veux. On habite au 28 rue d'Amazonie.

– Au fait, on s'appelle Pascale, Marie-Odile, Issa et Sven, dit Sven en pointant successivement la mygale, la crocodile, le boa et lui-même.

– Alors bonne nuit, Pascale, Marie-Odile, Issa et Sven, dit Alfred en se recouchant.

À travers la petite encoche qui lui sert de fenêtre dans le carton apparaît son poing levé.

Sur la pointe des griffes et des écailles, les quatre amis se faufilent dans l'ombre pour rejoindre leur maison et leurs lits bien chauds et bien douillets. Cette nuit plus que jamais, ils sont conscients de la chance qu'ils ont de vivre ici et d'être tous les quatre ensemble.

« Je vais tricoter un pull et une écharpe à Alfred », se dit Marie-Odile en s'endormant.

chapitre 8

C'est le grand jour. Dès midi, les quatre amis font le pied de grue place Lisa Simpson, dans le centre-ville, au milieu des humains qui se promènent ou achètent des vêtements.

Tout en mangeant leurs sandwichs assis sur le rebord de la fontaine, les pancartes, les banderoles et les porte-voix planqués sous un grand drap, ils pronostiquent. Issa a des rêves de grandeur tandis que Pascale et Sven craignent que personne ne vienne. Marie-Odile s'y connaît, elle est confiante. Elle sait qu'ils ne seront certainement pas très nombreux et que ce sera un peu le bazar. Mais elle sait aussi que c'est normal : une révolte

est comme un nouveau-né, elle doit apprendre à marcher et à parler.

À 13 h 30, il n'y a toujours personne et Sven grommelle dans sa barbe :

– On s'est trompés. On aurait dû faire quelque chose de plus spectaculaire, diffuser une vidéo virale, pirater des sites internet !

– Tu racontes n'importe quoi, Sven, dit Marie-Odile. On a fait tout ce qu'il fallait. Les animaux viendront, ne t'en fais pas.

C'est alors qu'un petit groupe de chauves-souris débarque d'une ruelle adjacente en chahutant et en poussant d'horribles cris aigus, effrayant tous les humains. Puis des dizaines et des dizaines d'animaux plus moches les uns que les autres arrivent de tous côtés en riant.

Marie-Odile est émue. Aujourd'hui, ils vont défendre leur droit au respect et à l'égalité. Leur place dans la société. Les quatre amis déplient la grande banderole sur laquelle Issa a inscrit en grandes lettres rouges :

RESPECT ET ÉGALITÉ
POUR LES ANIMAUX MOCHES

À 14 h 10, ils démarrent la marche dans les rues du centre-ville. Les quatre amis avancent en tête, alignés derrière leur banderole, suivis par une véritable cavalcade d'animaux moches : des serpents de toutes les couleurs, des chats sphinx, des cafards, des condylures à nez étoilé, des frelons, des tamanoirs, des molochs, des autruches, des araignées, des rats-taupes, des matamatas, des pangolins, des scotoplanes, quelques singes, un dindon, des cochons, une petite armée de hyènes… On croirait un défilé d'Halloween. Le centre-ville, habituellement fréquenté surtout par les humains, semble envahi par des monstres fêtards. Les animaux s'en donnent à cœur joie : ils crient, hurlent, feulent, coassent, vagissent, bourdonnent, glougloutent, ricanent, couinent, piaillent.

– Je réalise un truc, souffle Marie-Odile à l'oreille de Sven. Finalement, on n'est pas si moches, nous quatre. Certains animaux sont bien plus repoussants.

Sven regarde tout autour de lui et acquiesce.

Sur leur passage, les humains s'écartent et se ratatinent contre les murs ou se cachent dans les magasins. Derrière les vitrines, ils collent leurs nez aux fenêtres pour observer cet incroyable défilé. Certains ne se gênent pas pour faire des commentaires désobligeants à voix haute.

– Quelle horreur !

– Allez-vous-en, ce sont nos rues !

– Vous n'êtes pas les bienvenus ! Rentrez chez vous !

À quelqu'un qui s'écrie : « Vous êtes dégoûtants ! », une hyène s'amuse à montrer ses crocs d'où dégouline un joli filet de bave. L'humain recule de deux mètres et la hyène éclate de rire.

Quelques rares passants rigolent et les encouragent, mais la plupart se montrent effrayés, voire dégoûtés. Seuls les enfants ont l'air irrésistiblement attirés. Une mère attrape alors son petit garçon et le serre contre ses jambes pour le protéger.

– Ne regarde pas, lui dit-elle, tu vas faire des cauchemars.

Mais le petit garçon n'a pas peur. Au contraire, il est très intéressé. Il veut rejoindre la fête, il veut pousser des cris et faire des grimaces lui aussi.

– Viens avec nous, lui dit Issa en tendant la pointe de sa queue pour qu'il l'attrape.

Mais la mère, rouge de colère, le retient par le bras pour ne pas qu'il s'enfonce dans la foule.

Marie-Odile aurait préféré que les animaux moches soient soutenus par les humains. Mais aujourd'hui, le but du jeu est d'être eux-mêmes et d'exprimer leur ras-le-bol, d'évacuer toute la méchanceté dont ils sont les victimes.

– Il est temps de lancer les slogans, dit la crocodile à ses amis avec un sourire complice.

Sven allume alors le porte-voix et le tend à Issa en disant :

– À toi l'honneur.

Le serpent prend une grande inspiration et crie :

Des bisssous ! Des bisssous !

Des bisssous pour ccceux qui sssont pas choux !

Quand il est angoissé, Issa a la langue qui siffle. Derrière eux, les animaux moches rigolent, mais n'osent pas trop répéter. Seules Marie-Odile, Sven et (timidement) Pascale s'en font l'écho. Issa répète une nouvelle fois avec plus de conviction, et quelques manifestants se décident à scander avec lui. Au bout de cinq répétitions, tout le monde reprend les slogans à pleins poumons. À son tour, Sven lance un slogan :

De la douceur pour ceux qui font peur !

Petit à petit, d'autres voix dans l'assemblée se mettent à lancer des slogans. On entend fuser de toute part de nouvelles idées. Un tamanoir propose :

Trop fastoche ! Trop fastoche !

De s'moquer des animaux moches !

Puis une jolie ânesse grise s'écrie :

Les chevaux !

C'est p'têtre beau !

Mais on est plus rigolos !

Les quatre amis se regardent, surpris. Une ânesse ! Ils n'auraient jamais pensé qu'un tel animal se sentirait concerné par leur combat. Et encore moins qu'elle s'en prendrait aux chevaux. Pascale craint que le sujet crée la discorde, mais le cri du cœur de l'ânesse est repris avec enthousiasme par la foule.

Marie-Odile, Issa, Pascale et Sven se regardent, émus. Ils ont jeté des graines au hasard et ils découvrent que non pas une, mais plusieurs pousses sont sorties de terre. Profitant du fait que d'autres se chargent de l'animation, ils se serrent dans les pattes les uns des autres pour fêter cette première victoire. Ils s'arrêtent en plein milieu de la rue et la banderole s'enroule autour d'eux, formant un maki géant d'animaux moches. Comme un fleuve, le cortège les contourne et continue à avancer en chantant et en criant. Imperturbable. D'autres animaux leur font des tapes amicales sur les épaules ou participent l'espace d'un instant au câlin puis reprennent leur marche. Quand les quatre amis se dégagent de la banderole, ils restent au milieu du cortège, laissant d'autres animaux mener la manifestation. Ce n'est déjà plus leur combat à eux, désormais, c'est celui de tout le monde.

Une voix familière les interpelle :

– Alors, les gars et les filles, je vous cherchais en tête du cortège !

Tous les quatre se retournent. Alfred, le sans-abri rencontré une semaine plus tôt est là. Seul humain parmi cette foule d'animaux bizarres, il ne semble pas gêné le moins du monde par les affreuses bestioles qui l'entourent.

– On en vient, dit Sven, on fait une petite pause.

– Désolé, je n'ai pas pu venir plus tôt, explique Alfred.

– C'est génial que tu sois là, dit Pascale en lui sautant sur l'épaule et en se collant à sa joue pour lui faire un petit câlin.

– Doucement, Pascale, prévient Issa, tu vas lui faire peur.

Mais au lieu de ça, Alfred pose délicatement sa main sur le dos de la mygale et dit :

– Peur d'une petite bête aussi mignonne, tu rigoles ?

Pascale rougit comme une écrevisse et sautille de joie sur son épaule. Difficile de cacher son petit faible pour Alfred.

– Au fait, Alfred, la proposition tient toujours, lance Marie-Odile.

– Quelle proposition ?

– Notre chambre d'amis.

– C'est gentil, mais ça me gêne un peu.

– Pourquoi, parce qu'on est des animaux ? demande Sven, méfiant. Tu aurais honte de vivre avec nous ?

– Pas du tout ! s'exclame Alfred. Au contraire, je trouve ça trop gentil, je me sentirais redevable. Ou alors je vous paie la nuit ?

– Mais enfin, on n'est pas un hôtel, s'indigne Marie-Odile. On t'invite ! Bon, c'est décidé, tu viens passer la nuit à la maison. On ne te laisse pas le choix.

Un peu avant la fin de la manifestation, Issa profite d'une petite accalmie et d'un épuisement de l'inspiration collective pour lancer le dernier slogan, celui que les quatre amis ont mis le plus de soin à écrire. Il attrape le porte-voix avec le bout de sa queue, le pointe vers le ciel et crie, avec toute la conviction qui l'anime :

Nous qu'est-ce qu'on veut ?
On veut être respectés !
Nous qu'est-ce qu'on veut ?
On veut être câlinés !
Nous qu'est-ce qu'on veut ?
On ne veut plus être moqués !
Nous qu'est-ce qu'on veut ?
On veut l'é-ga-li-té !

L'enthousiasme est si fort que tous les animaux, même les plus timides, se mettent à scander avec lui les réponses.

Le cœur d'Issa bat très fort, il se sent porté par la foule. Il réalise soudain que, pour la première fois, il *croit* véritablement en ce qu'il dit. Il *croit* qu'il a le droit d'être aimé, qu'il a les mêmes droits que tous les autres animaux, qu'ils soient beaux, moches, valides, handicapés, intelligents, bêtes, riches ou pauvres.

Ça lui fait tellement de bien qu'il en a les larmes aux yeux et ne parvient plus à parler. Marie-Odile prend la relève. Elle se dresse sur sa queue et ses pattes arrière, prend une grande bouffée d'air et hurle de toutes ses forces :

Nous qu'est-ce qu'on veut ?

Et mille quatre cents animaux plus moches les uns que les autres lui répondent en chœur et de tout leur cœur :

On veut être câlinés !

Marie-Odile se sent pousser des ailes. L'espace d'un instant, elle s'imagine ptérodactyle.

chapitre 9

La manifestation terminée, les animaux moches se dispersent, tandis que les humains reprennent possession de la rue presque comme s'il ne s'était rien passé. Ça laisse un drôle de goût amer à Sven.

Un petit lapin blanc tacheté de roux sur le museau sautille jusqu'à eux tandis qu'ils enroulent leur grande banderole. Il se dresse sur ses pattes arrière, tapote la jambe de Sven pour l'interpeller, et lui dit :

– Bonjour, je m'appelle Germain. Je ne peux pas rester, car je dois aller préparer le dîner pour les enfants. Mais je voudrais savoir si vous m'accepteriez dans votre groupe ?

Sven est un peu surpris. De toute évidence, Germain n'a rien d'un animal moche. Il est même très mignon avec ses taches de rousseur. Le hyène regarde ses amis qui semblent se poser les mêmes questions : peut-on le laisser participer ? Est-ce qu'on ne risque pas de brouiller le message ?

Comme s'il lisait dans leurs pensées, Germain le lapin ajoute :

– Je sais bien que je ne suis pas dans la même situation que vous, car les humains m'aiment bien, mais j'aimerais beaucoup vous aider. Je trouve que ce que vous faites est important.

– C'est d'accord, décide Sven. Nous avons besoin d'alliés.

Il prend ses coordonnées pour le prévenir des prochaines actions, et rejoint les animaux moches et Alfred, qui sont installés à la terrasse du grand café de la place Lisa Simpson. C'est l'heure de l'apéritif, il fait beau, il fait bon et la place est bondée. Autour d'eux, des couples et des groupes de jeunes humains les regardent d'un drôle d'air et reculent discrètement leurs chaises pour s'éloigner d'eux.

– À cette formidable manifestation ! dit Marie-Odile en levant son verre.

Toute la petite bande entrechoque ses verres et dit en chœur :

– À la santé des animaux moches !

Ils éclatent de rire et avalent une grande gorgée.

Une ânesse s'approche du petit groupe et demande avec une voix très douce si elle peut se joindre à eux. Méfiant, Sven fait une grimace, mais Issa l'invite à s'asseoir.

– Invitons des chevaux, tant qu'on y est, marmonne le hyène.

Alfred, qui l'a entendu, lui chuchote à l'oreille :

– Tu sais, Sven, les ânes aussi ont une longue histoire de moqueries derrière eux. On dit bien « un bonnet d'âne », ou « têtu comme une mule »...

Mais Sven reste sceptique. L'ânesse se présente : elle s'appelle Inès.

– J'ai une idée à vous soumettre, dit-elle. Est-ce que vous avez déjà entendu parler de l'ECSP, l'École des Chevaux de Sang Pur ?

Tout le monde acquiesce gravement. Un sifflement de mépris échappe à Issa et Marie-Odile pose sa patte sur la tête de son ami boa. C'est l'école où Martial le cheval, son ancien meilleur ami, a fait ses études. Les animaux savent que cette école d'élite existe, mais ils savent aussi qu'ils n'y mettront jamais la griffe, puisqu'elle est réservée aux équidés les plus privilégiés.

– Je voudrais m'infiltrer incognito dans cette école pour mener une enquête, continue Inès, et essayer de comprendre comment on les éduque.

– Mais c'est impossible ! dit Marie-Odile. Non seulement tu es une ânesse, mais en plus tu es une femme. Et tu sais comme nous qu'il y a très peu d'ânes et très peu de filles dans cette école.

– Certains sont parvenus à intégrer l'école, alors je me dis que ça vaut la peine d'essayer. Vous ne pensez pas ?

Tout à coup, Sven a une grande révélation :

– Ah, mais c'est toi qui as lancé le slogan contre les chevaux tout à l'heure !

L'ânesse sourit et acquiesce. Cette révélation finit de convaincre Sven qu'Inès pourrait être une alliée importante. À l'unanimité, le groupe vote en faveur du projet d'Inès.

La soirée continue en douceur et en joyeuse compagnie. Ça laisse une drôle d'impression aux quatre amis. Jamais encore ils n'ont été si entourés. Jamais ils n'avaient été au centre de l'attention.

Si Pascale et Issa se laissent griser, Sven et Marie-Odile savent bien que se faire de nouveaux amis n'est pas l'objectif de cette manifestation, même si c'est une bonne nouvelle. Il ne s'agit pas de devenir populaires, il s'agit de modifier la façon dont les humains considèrent les animaux moches. Il s'agit d'être traités comme des égaux.

En fait, il s'agit rien de moins que de changer (un peu) le monde.

chapitre 10

Marie-Odile, Pascale, Issa et Alfred sont en train de préparer le petit déjeuner lorsque Sven déboule dans la cuisine, une pile de journaux entre les pattes et un sourire jusqu'à la truffe.

– Tu étais déjà dehors ? On pensait que tu faisais une grasse matinée.

– On est partout dans les journaux ! s'exclame Sven. Tout le monde parle de nous. On fait même la couverture du *Courrier du point du jour* ! Regardez cette photo.

Sven dépose un gigantesque journal pile sur la tartine de confiture parfaitement étalée d'Issa, et pointe de la griffe une grande photo en couleurs montrant les quatre amis derrière leur banderole. Marie-Odile est en train de crier dans le mégaphone.

Les cinq amis ne peuvent s'empêcher de sourire, fiers comme des poux.

– Tu as la classe, Marie-Odile ! dit Sven.

– Bon, dit Alfred, taquin, c'est sympa de faire les stars dans le journal, mais parlons sérieusement. Tout le monde attend votre prochaine action. Quelle est la suite du programme ?

– On pourrait faire une pétition sur internet, qu'on enverrait à la Présidente de la République, suggère Pascale.

– On pourrait lancer une collecte sur les réseaux sociaux pour financer des actions, propose Issa.

– Tout ça c'est un peu trop mou, dit Sven qui trottine en rond sur ses pattes arrière en se grattant la tempe, l'air concentré. Un peu trop virtuel.

En faisant de grands gestes de pattes qui manquent d'éborgner ses amis, il ajoute :

– Il faut quelque chose de spectaculaire, quelque chose qui marquera les esprits. Il faut choquer, s'attaquer à ceux qui nous oppressent ! Aucune grande révolution ne s'est faite sans violence.

Sven est fasciné par les grands révolutionnaires pour leur radicalité. S'il avait été un humain en 1789, il aurait certainement été l'un des plus zélés guillotineurs de nobles.

– Aucune grande révolution ne s'est faite sans violence ? répète Marie-Odile. Et Rosa Parks qui a milité pour l'égalité des noirs aux États-Unis en refusant simplement de s'asseoir au fond du bus ? Et Gandhi ? Ils n'ont rien fait ? Ce sont des rebelles de pacotille ?

Sven ouvre la bouche pour protester, mais Marie-Odile continue, plus véhémente encore :

– Et la Révolution de 2018 ? La révolution la plus pacifique et fraternelle de tous les temps ! Tu vas me dire que ce n'est pas une « Grande Révolution », ça ?

– OK, OK, j'ai compris, bougonne Sven. N'empêche que ce serait beaucoup plus efficace.

La sonnerie du téléphone vient soudain interrompre la discussion. Marie-Odile décroche.

Les amis tendent l'oreille pour essayer de savoir de quoi il s'agit. Marie-Odile parle très poliment, avec un grand sérieux. Ce n'est manifestement pas quelqu'un qu'elle connaît. Quand elle raccroche, elle se dresse sur sa queue, regarde ses trois amis avec un petit sourire au coin des babines, et dit :

– On passe après-demain soir au journal de Canal 2 pour parler de nos revendications.

– Ouah ! On va devenir des sssstars ! dit Issa en sautillant de joie.

Alfred se racle la gorge.

– Je ne voudrais pas faire mon rabat-joie, mais vous avez prévu un discours, des arguments ? Parce qu'à la télé, soit vous devenez une star, soit vous vous faites écrabouiller.

Les quatre animaux se regardent, paniqués.

– Bon, ne vous inquiétez pas, dit Alfred. Je vais vous entraîner.

– Alors ça veut dire que tu restes un peu avec nous ? demande timidement Pascale.

– Au moins pour les deux prochains jours. Vous voulez bien toujours de moi ?

Les grands hochements de tête empressés des quatre animaux suffisent à le rassurer.

chapitre 11

Marie-Odile et Sven sont assis autour de la table du salon, Issa s'est tournicoté en tire-bouchon sur le sol et Pascale s'est installée sur la table. Face à eux, Alfred, rasé de près, en tenue de présentateur télé, costume noir et fine cravate, les regarde avec un air de défi. Il est entouré de fiches et de notes, tandis que les animaux n'ont rien d'autre qu'un verre d'eau devant eux. Pour créer une atmosphère de plateau télé plus proche de la réalité, ils ont monté le chauffage au maximum et chacun a une lampe dirigée vers son visage façon spot dans la figure.

Ils ont également demandé à trois animaux moches qu'ils ont rencontrés lors de la manifestation de jouer le rôle du public. Ceux-ci ont pour mission de se comporter comme des humains, et d'être les plus méchants possible avec les quatre interviewés.

Alfred lance une musique rythmée et présente les quatre amis. L'angoisse monte dans la gorge de Pascale tandis que Sven prend un air nonchalant et sûr de lui.

– La première question est pour vous, monsieur le boa, lance Alfred. Pouvez-vous m'expliquer ce que vous revendiquez ?

Mais, avec le trac, Issa s'emmêle les pédales et répond :

– Nous voulons, euh, ne plus zzêtre moches !

Le public éclate de rire.

– N'importe quoi ! s'énerve Sven.

– Pardon, dit Issa. Je veux dire : nous ne voulons plus être *conssssidérés* comme moches.

– Mais non, ce n'est pas ça non plus, souffle discrètement Marie-Odile.

– Nous voulons avoir le droit d'être moches ? tente alors Issa, qui n'est plus sûr de rien.

Sven se frappe la patte sur la tête, Marie-Odile roule ses yeux globuleux, et Pascale pose la patte sur les écailles d'Issa avec compassion. Le serpent fait une dernière tentative :

– Nous voulons que plus perssssonne ne ssse moque de nous parccce qu'on est moches. Voilà.

Ses amis le regardent, inquiets. C'est mal parti pour faire bonne impression à la télévision.

Issa se racle la gorge et grimace, embêté.

– Ce n'était pas terrible, hein ?

– C'est pas grave, dit Alfred. Vous êtes là pour apprendre. On continue. Deuxième question : madame la crocodile, que comptez-vous faire pour changer les mentalités ?

Évidemment, Marie-Odile est prise au dépourvu. Elle improvise une réponse :

– Eh bien, nous comptons faire des manifestations... commence-t-elle lentement. Et des actions pour informer et sensibiliser les enfants. Et aussi les adultes.

D'un hochement de tête, Alfred l'encourage à développer.

– Et d'ailleurs, continue-t-elle, n'hésitez pas à nous rejoindre le 20 mars à 14 heures sur la place Lisa Simpson pour la seconde manifestation. Que vous soyez beau ou moche, nous avons besoin de vous !

– Tu t'en es bien tirée, dit Alfred qui veut être encourageant, mais il faudra que vous puissiez proposer des projets plus concrets.

Il reprend en s'adressant cette fois-ci à Pascale :

– Alors dites-moi, madame la mygale, pourquoi pensez-vous être discriminés ? Les lois sont identiques pour tous les animaux, et même pour les humains.

Pascale se raidit. Le trac lui donne un air particulièrement effrayant, mais il la fait aussi réagir au quart de tour :

– On ne *pense pas* être discriminés, on EST discriminés. Regardez autour de vous. Vous avez déjà vu un animal moche chef d'entreprise, ministre ou artiste célèbre ?

Le public – qui joue très bien son rôle – hue l'araignée, ce qui fait perdre un peu confiance à Pascale. Alfred se fait provocant :

– C'est peut-être juste parce que les animaux moches sont moins intelligents ou moins talentueux. Vous ne croyez pas ?

Pascale le regarde avec un air sévère. Elle est fâchée. Soudain, elle en oublie que tout ça n'est qu'une comédie, qu'Alfred ne croit pas un mot de ce qu'il dit. De toutes petites larmes montent aux huit yeux de la petite mygale. Elle bafouille en sanglotant.

– Mais c'est méchant ce que tu dis, Alfred ! Et puis d'abord, ce n'est pas vrai !

Elle s'effondre en pleurs et Issa s'enroule autour d'elle pour la réconforter.

Alfred se ravise immédiatement et dit :

– Mais je ne le pensais pas, Pascale ! Tout ça, c'est pour vous entraîner. Moi, je ne crois pas que vous êtes moins intelligents que les autres. Au contraire !

– C'est vrai ? demande Pascale en reniflant.

– Mais évidemment, dit Alfred qui l'attrape et la pose sur son épaule pour lui faire un câlin. Je vous adore.

– Tu crois vraiment qu'ils seront aussi méchants que ça, à la télé ? demande Issa, inquiet.

– Non, mais il vaut mieux être préparé au pire. Comme ça, si ça se passe bien, ça vous semblera du gâteau.

– En parlant de gâteau, qui veut une tranche de cake aux tomates séchées et aux olives ? propose Issa, qui a envie de se changer les idées.

Pendant qu'il va préparer l'apéritif à la cuisine, tous les animaux s'installent devant la télévision pour une séance d'analyse de l'émission à laquelle ils vont participer. Il est 18 heures, c'est l'heure de la diffusion. Issa les rejoint et distribue du cake à tout le monde. L'invitée du jour est une réalisatrice qui vient présenter son nouveau film.

Les animaux écoutent les commentaires d'Alfred, qui pointe l'écran avec une grande règle en bois, façon maître d'école.

– Vous voyez, dit-il, là, le présentateur essaie de provoquer l'invitée. Il lui pose des questions personnelles et déplacées sur sa vie sentimentale, sur le fait qu'elle serait tombée amoureuse d'un acteur de son film et sur d'autres rumeurs qui circulent. Mais elle ne répond pas, elle garde son cap.

– Ah oui, remarque Sven, on dirait même qu'elle essaie de détourner les questions pour se concentrer sur qui l'intéresse, elle.

– Exactement, dit Alfred. Bien vu ! La télévision, c'est comme du tir à la corde. Elle, ce qu'elle veut, c'est parler du film qu'elle a réalisé. Lui, ce qu'il veut, c'est un scandale ou une révélation, un buzz qui accrochera les téléspectateurs et les découragera de zapper, et qui ensuite tournera en boucle sur internet. Et chacun tire sur son bout de la corde en tentant de prendre le dessus.

La réalisatrice, agacée par le présentateur, finit par s'énerver. Elle lui dit sèchement qu'elle est venue ici pour parler de son film. Et que s'il tient absolument à en savoir plus sur sa vie amoureuse, il n'a qu'à s'acheter le magazine people qui a pris plaisir à l'espionner. Le présentateur bafouille, décontenancé, et abandonne son inquisition. Il revient au film.

– Ouah, elle est fortiche, dit Marie-Odile, admirative.

– Mais là, demande Pascale, ce qu'elle vient de dire, la façon dont elle s'est énervée, ça va aussi faire un buzz, non ?

– Certainement, dit Alfred. Mais ça va la mettre en valeur et ça ridiculisera le présentateur. Vous, ce que vous devez éviter, c'est un « bad buzz », un buzz négatif où le présentateur vous mettrait en difficulté, où vous seriez trop virulents envers les chevaux, par exemple. Si vous faites un coup d'éclat, vous devez faire comme elle. Vous devez être brillants, touchants, généreux.

– Mais comment fait-on pour être brillants-touchants-généreux ? s'inquiète Pascale.

– En étant vous-mêmes, tout simplement, répond Alfred, rassurant.

– Oh la la, je suis tellement angoissée que j'ai toutes mes pattes qui flageolent, dit Pascale.

– Ça va aller. Je sais que vous serez parfaits, dit Alfred en engloutissant une bouchée de cake.

Et il le pense vraiment.

chapitre 12

Dans le studio de télévision de Canal 2, tout le monde s'affaire. Des humains, une ourse, un renard, des babouins courent dans tous les sens en parlant très fort et très vite dans des combinés casque-micro accrochés à leurs têtes. Ils semblent énervés, stressés, ils parlent de *timing*, de *régie*, de *conducteur*, comme s'ils jouaient leur vie sur le fait que l'émission de télévision risque d'avoir treize secondes de retard sur l'horaire prévu.

Hier soir, quand Issa s'est enroulé autour de ses barres de danse pour dormir, il se sentait confiant et prêt à en découdre. Mais maintenant, au milieu de la fourmilière du studio de télévision, il a l'impression d'avoir oublié toutes les belles formules qu'il a répétées. Ses trois amis n'en mènent pas plus large.

Assis côte à côte face à des miroirs lumineux, ils regardent, intimidés, les maquilleurs et les maquilleuses préparer leur matériel. Cette pièce semble échapper à la frénésie du reste du studio. Ici il y a de la musique douce, des boissons, des fruits et des barres chocolatées. Pascale ronge frénétiquement la même fraise depuis dix minutes tandis qu'Issa a bien entamé le stock de chocolat de la loge. Pour faire bonne figure, Marie-Odile et Sven ne touchent à rien. Alfred n'est pas avec eux, il regardera l'émission sur le poste de télévision de la maison, mais les quatre amis auraient bien aimé pouvoir encore profiter de ses encouragements et de ses conseils.

Une maquilleuse aux longs cheveux blonds s'approche de Marie-Odile et lui dit avec un grand sourire chaleureux :

– Bonjour, je suis Lusia. C'est moi qui vais vous maquiller aujourd'hui.

Marie-Odile a un mouvement de recul. Ses pupilles se rétractent en une fine fente lui donnant une allure terrifiante qui fait frissonner la maquilleuse.

– Je ne veux pas de maquillage.

– Pourquoi ? demande Lusia, surprise.

– Je ne vois pas au nom de quoi je devrais me « faire belle » pour la télévision alors que je ne le fais jamais au quotidien. Ça ne serait pas moi. En plus on est là pour revendiquer notre mocheté.

– Mais je ne veux pas vous maquiller parce que je vous trouve moche ! Vous savez, on maquille tous les gens qui viennent sur le plateau, même les superbes stars de cinéma. C'est juste que le filtre de l'écran de télévision et les lumières donnent une allure de zombie grippé. Si je ne vous maquille pas, à côté du présentateur et de vos amis, vous aurez l'air d'avoir une très très grosse gastro-entérite.

Alors Marie-Odile met son esprit de contradiction dans sa poche et elle accepte un *très léger* maquillage.

– Bien sûr, ne vous inquiétez pas, ce sera très naturel.

La maquilleuse commence par nettoyer la peau épaisse et écailleuse de la crocodile avec un énorme coton, sous la surveillance du regard perçant de Marie-Odile. Elle applique ensuite un fond de teint d'un vert légèrement plus sombre que la couleur de ses écailles, puis une poudre pour rendre sa peau plus mate. Puis elle entame le maquillage des yeux.

Petit à petit, Marie-Odile se détend. En écoutant la musique, elle ferme les yeux et laisse la maquilleuse prendre soin d'elle. Elle doit bien reconnaître que c'est plutôt agréable.

À sa gauche, Pascale profite pleinement de ce moment. C'est une discrète fourmi noire qui la maquille. Avec ses toutes petites pattes, elle parvient à soigner avec finesse le maquillage de la mygale. Au fil de la transformation, Pascale se toise dans la glace. Pour la première fois de sa vie, elle se trouve jolie.

Encore un peu plus à gauche de la rangée, Issa continue à grignoter ses confiseries tout en se faisant maquiller par une jeune koala énergique. Comme il n'est pas franchement évident de manger des barres chocolatées quand on n'a pas de mains, Issa n'arrête pas de faire tomber des miettes sur le maquillage, ce qui oblige la koala à faire d'infinies retouches. Elle finit par perdre patience, et dit :

– Nom d'un chien, vous ne pouvez pas arrêter de manger dix minutes ?

Issa fait une moue de petit garçon pris en flagrant délit de faute et dit, un peu embêté :

– Pardon, c'est le stress. Ça me fait grignoter compulsivement.

La maquilleuse lui sourit et lui tend un chewing-gum en disant :

– Tenez, mangez ça. Il y aura moins de miettes.

Issa attrape la petite dragée avec la pointe de sa langue.

Après avoir passé une dernière couche de rouge à lèvres sur les babines de Marie-Odile, sa maquilleuse dit :

– Ça y est ! Vous pouvez regarder.

Marie-Odile ouvre les yeux.

La personne qui se trouve en face d'elle n'est pas elle. C'est une poupée Barbie crocodile. Ses amis se retiennent de rire.

– Mais qu'est-ce que vous avez fait, Lusia ? On dirait un robot qui s'est renversé trois pots de peinture sur la tronche ! On avait dit *léger* !

– Si vous n'êtes pas contente, s'énerve la maquilleuse, vexée, débrouillez-vous toute seule pour cacher vos énormes naseaux et vos affreux yeux globuleux. Moi, j'abandonne.

Et elle s'en va, laissant ses affaires devant Marie-Odile.

– Pff, je ne suis pas une poupée, grommelle Marie-Odile, je suis une crocodile, je suis effrayante, géante, dangereuse. Globule toi-même !

La crocodile frotte le rouge à lèvres vif qui lui recouvre le pourtour de la gueule, et le remplace par une teinte plus naturelle, puis elle tamponne avec un coton ses joues pleines de blush et remplace le violet sur ses paupières par un vert légèrement plus clair que sa peau.

– C'est parfait comme ça, lui dit Pascale qui l'observe du coin de l'œil.

Tout à gauche de la rangée, Sven fulmine. Son maquilleur, un humain qui porte une belle barbe foisonnante dans laquelle Pascale adorerait se blottir, tente de dompter sa crinière hirsute avec de la laque. Le hyène souffle bruyamment à travers ses naseaux, et dit :

– Marie-Odile a raison. Ce maquillage est un complot pour nous décrédibiliser. Comme ça, ils pourront nous dire : « Vous exagérez, d'ailleurs vous n'êtes pas si moches, regardez-vous. »

Marie-Odile s'approche de son ami et lui glisse à l'oreille :

– T'inquiète, c'est pas parce qu'on a du fond de teint sur la tronche qu'on va se ramollir.

Sven esquisse un sourire. Les mots de son amie le soulagent.

À sa droite, Issa remarque que la mygale est devenue très pâle.

– Ça ne va pas, Pascale ?

Elle lève les yeux vers son ami et répond, la bouche de travers :

– Pas vraiment. J'ai le ventre en double nœud, les pattes qui fondent et les poils qui frétillent.

– C'est le trac, dit le maquilleur de Sven. Je vous rassure, ça arrive même aux invités les plus aguerris. C'est votre première fois à la télévision ?

Les quatre amis acquiescent.

– Ne vous inquiétez pas, ça va bien se passer. J'ai un bon truc pour vous détendre. Concentrez-vous sur votre respiration, et comptez jusqu'à cinq en inspirant puis jusqu'à cinq en expirant.

Marie-Odile, Pascale, Issa et Sven s'exécutent, rassurés par la gentillesse et l'attention du maquilleur.

Un, deux, trois, quatre, cinq. Ils comptent et la tension redescend un peu, en même temps que leur diaphragme. Un, deux, trois, quatre, cinq.

– Deux minutes avant le direct ! hurle une guenon en passant la tête dans l'entrebâillement de la porte avant de disparaître aussi vite qu'elle est apparue.

Un, deux, trois, quatre, cinq. Pascale se met à respirer encore plus vite et plus fort. Issa lui tapote le dos avec le bout de sa queue pour la rassurer. Mais même Sven et Marie-Odile n'en mènent pas large.

– Allez, les loulous, c'est l'heure, dit le maquilleur en leur ouvrant la porte. Vous allez cartonner, j'en suis sûr.

Immédiatement, une assistante de réalisation les récupère comme s'ils venaient de sauter sur un bateau en marche, et les entraîne dans un labyrinthe de couloirs. Soudain, l'assistante s'arrête devant une porte fermée et dit : « C'est à vous dans dix secondes. »

UN-DEUX-TROIS-QUATRE-CINQ, répète Pascale de plus en plus fort.

Undeuxtroisquatrecinq, tambourine le cœur d'Issa.

Cinq, quatre, trois… fait le compte à rebours.

Une musique résonne de l'autre côté de la porte.

Deux, un…

– C'est à vous ! dit l'assistante, avant d'appuyer sur le bouton qui ouvre la porte, et de disparaître sur le côté.

… ZÉRO !

chapitre 13

Clopin-clopant, les quatre animaux s'avancent sur le plateau de télévision, éblouis par les lumières des projecteurs pointés sur eux comme des canons, étourdis par la musique trop forte et les applaudissements de centaines de spectateurs. On les installe autour d'une table octogonale, face au journaliste qui les accueille et les présente. Il parle avec un débit d'usine de pâte à tartiner, le regard fixe et les yeux écarquillés, comme s'il avait pris de la drogue.

Il pose sa première question :

– Votre mouvement a-t-il un nom ?

Sur les conseils d'Alfred, les amis y ont beaucoup réfléchi. Le choix a été long et difficile. Sven se gratte la gorge et répond très posément :

– Nous sommes les Bestioles Indignées.

Le présentateur ne parvient pas à retenir un sourire moqueur. Il se tourne vers Pascale, morte de trouille, qui compte toujours un-deux-trois-quatre-cinq en boucle dans sa tête, et continue :

– Pouvez-vous nous expliquer ce que vous revendiquez ?

Installée sur un tabouret aussi haut que la table, Pascale serre ses huit petites pattes pour se donner du courage. Ce discours-là, elle le connaît par cœur. Elle cesse de compter, fait un petit bond sur sa chaise et dit :

– Nous voulons les mêmes droits et la même considération que tous les animaux.

– Je ne comprends pas, s'étonne le présentateur, vous avez *déjà* les mêmes droits. Aucune loi ne vous discrimine.

– Ce n'est pas une question de loi, dit Marie-Odile, pédagogue. On est sans cesse moqués, dépréciés, craints, on est mal vus dans les transports en commun, on n'a accès à aucune profession importante, on trouve difficilement un logement décent. On est soupçonnés de tous les maux à cause de notre apparence. Dès qu'il y a un vol, une agression, un crime, c'est nous que la police interroge en premier. Avant même d'être jugés, notre physique nous rend *déjà* coupables. Si vous n'appelez pas ça de la discrimination, excusez-moi monsieur le présentateur, mais vous avez besoin de relire le dictionnaire.

Marie-Odile commence déjà à perdre son calme. Immédiatement, Sven essaie de tempérer :

– Ce que Marie-Odile veut dire, c'est que si, en théorie, nous sommes égaux, ce n'est pas le cas dans notre vie quotidienne. La société est encore pleine de préjugés. Il faut la changer en profondeur. Nous voulons avoir la possibilité de faire des études prestigieuses, d'occuper des emplois intéressants, de nous promener partout en ville sans avoir l'impression de gêner, et d'aller à la piscine sans que les humains nous rejettent ou nous considèrent avec dégoût.

– En fait, nous voulons être aimés, résume Pascale d'une petite voix.

– Comme le dit l'écrivain George Orwell, ajoute Issa : « Tous les animaux sont égaux, mais certains sont plus égaux que d'autres. »

Marie-Odile lui fait un petit sourire impressionné. Issa s'est subitement remémoré cette phrase issue d'un livre qu'il a étudié (et adoré) lorsqu'il était au collège : *La Ferme des animaux*. Le livre a été publié en 1945, c'est-à-dire bien avant la Révolution de 2018, et pourtant il était déjà question d'animaux qui se révoltaient contre les humains. Dans les écoles pour animaux, on présente George Orwell comme un visionnaire.

– De quels animaux voulez-vous parler ? demande le présentateur à Issa. Qui sont ces « plus égaux » que vous ?

– Euh et bien, bafouille Issa, je pense aux chevaux. Par exemple.

Sven fait les gros yeux au serpent, tous crocs dehors, ce qui lui donne un air horrible. Issa se rappelle ce que leur a dit Alfred : ne pas attaquer directement leurs ennemis. Car s'acharner sur le meilleur allié des humains risque de ne pas les rendre très populaires. Il tente alors de noyer le poisson en désignant d'autres ennemis éventuels :

– Enfin, ils ne sont pas les seuls. Il y a aussi les chats, les lions, les gazelles, les chiens, les dauphins… Tous les animaux considérés comme nobles ou familiers.

Mais le serpent a beau essayer de rattraper l'erreur, sur le plateau la tension est palpable. Le présentateur se gratte la gorge et demande avec dédain :

– Et comment comptez-vous « changer la société en profondeur » ?

Il devient de plus en plus agressif. Sven tente malgré tout d'argumenter et de présenter leur projet avec pédagogie :

– Nous voulons des lois. Des lois qui nous assurent des postes importants, des lois qui obligent les entreprises à embaucher des animaux moches et pas seulement pour faire le ménage ou ranger la marchandise, des lois qui nous protègent, qui nous garantissent une place digne de ce nom dans la société.

– Nous voulons aussi, ajoute Marie-Odile, que dans leurs histoires, les écrivains et les illustrateurs de livres pour enfants n'aient plus le droit de toujours décrire les méchants comme gros et moches ni de faire systématiquement endosser le rôle de l'ennemi aux mêmes animaux. Les loups, évidemment, souffrent beaucoup d'être presque toujours les méchants de la littérature jeunesse. Mais pensez aussi aux rats, aux serpents, aux requins, aux hyènes… la plupart du temps, ils ont le mauvais rôle. Ce n'est pas parce qu'on est moche et qu'on a des dents pointues qu'on est malveillant !

– Mais on ne peut pas créer des lois pour ça ! objecte le présentateur, décontenancé. Ce serait de la censure. C'est comme si on disait à un enfant : « Désormais, tu n'auras plus le droit de jouer au loup, car ça donne une mauvaise image du loup. »

Marie-Odile est prise au dépourvu. Sven rebondit :

– C'est vrai. Mais, en tout cas, puisque les écrivains et les scénaristes ont du mal à offrir de beaux rôles aux animaux moches, nous voulons trouver des moyens de les encourager. Les animaux moches ne veulent plus vivre dans l'ombre des créatures élégantes, nous ne voulons plus être le petit secret honteux de l'animalité.

Le présentateur se radoucit. Malgré son hostilité, il semble impressionné par les arguments des animaux.

– Mais alors, pourquoi vous en prendre spécifiquement aux chevaux ? Ils ne sont pas les seuls à profiter de leur beauté et de leur image.

– Bien sûr, mais ils sont un symbole, répond Pascale, qui se laisse entraîner sur ce sujet malgré elle. Tant que les chevaux seront vus comme des idoles alors qu'ils n'ont rien fait pour le mériter, nous, animaux moches, serons également méprisés sans raison. On ne veut pas les envoyer au bûcher, on aimerait simplement que tout le monde retrouve un peu de mesure dans ses goûts et ses dégoûts.

Mal à l'aise, le présentateur coupe court et embraye sur les actualités de la semaine. Puis il annonce rapidement le départ des animaux moches, et lance une page de publicité.

Une fois hors du plateau, les amis se retrouvent livrés à eux-mêmes et, très vite, ils sont invités à quitter le studio. Ils ferment derrière eux la porte des coulisses, un goût amer dans la bouche.

– Vous pensez qu'on a été bons ? demande Marie-Odile, inquiète.

– Je n'en suis pas sûr, dit Issa.

– En tout cas, je crois qu'on n'a pas beaucoup plu au présentateur, ajoute Sven.

– C'est comme d'habitude, en somme, dit tristement Pascale en trottinant à côté de ses amis. Que ce soit à la télé ou ailleurs, on n'est jamais les bienvenus.

Issa s'approche d'elle, il forme un S avec son corps et du bout de sa queue soulève Pascale et la pose au milieu du S.

– Merci, Issa, dit-elle. Toi tu es un vrai copain. Vous êtes tous de vrais copains. Vous êtes ma famille.

Alors les quatre amis se collent les uns contre les autres pour se réconforter, poils contre écailles, écailles contre poils.

Soudain, derrière eux quelqu'un ouvre la porte du studio et s'écrie :

– Ah vous voilà, j'avais peur de vous avoir ratés !

Les quatre animaux se retournent. Face à eux se tient le maquilleur barbu qui a été si gentil avec eux.

– Je vous l'avais dit, vous avez été parfaits ! Surtout, continuez comme ça ! Ne lâchez rien.

Il lève un poing serré vers le ciel comme s'il se découvrait tout à coup une âme d'animal moche. Emportés par son enthousiasme, les quatre amis lèvent à leur tour le poing (ou ce qui fait office de poing) avant de monter dans le tram pour rentrer à la maison.

Ils n'ont aucune conscience du tremblement de terre qu'ils viennent de déclencher.

chapitre 14

– Dans mes bras les amis ! s'écrie Alfred lorsqu'ils passent le pas de la porte. Vous avez été gé-niaux !

Il étreint Marie-Odile et Sven, tandis qu'Issa s'enroule autour d'eux et que Pascale se colle à la joue d'Alfred.

– Mais tu ne trouves pas qu'on a été un petit peu trop agressifs ? lui demande Pascale.

– Tu rigoles ? Vous êtes déjà des stars sur internet !

– Ah bon ?

Alfred se dégage de l'étreinte du petit groupe et tape dans le moteur de recherche de l'ordinateur : « bestioles indignées vidéo ».

Trois mille six cent vingt-huit résultats s'affichent avec, en vignette, les visages des quatre amis.

– Trois mille six cent vingt-huit résultats, moins de deux heures après la diffusion en direct, précise Alfred. Et ça augmente à vue d'œil.

Alfred leur montre les publications sur les réseaux sociaux. Des humains et des animaux partagent la vidéo extraite de l'émission en l'accompagnant de messages de soutien, de ras-le-bol et d'indignation, qui viennent balayer leur mélancolie d'un revers de patte.

« Les animaux moches au pouvoir ! »

« En tant qu'humain, je suis sans cesse confronté à de la discrimination en raison de mon handicap alors je soutiens à 200 % le combat des animaux moches. »

« Animaux et humains : même combat ! »

« Sven je t'aime ! » écrit un garçon sur la page des Bestioles Indignées créée par un militant.

« Militons pour le droit d'être moches. »

– Vous voyez, dit Alfred, réjoui. Vous avez fait un carton !

Les quatre amis se regardent. Ils n'en croient pas leurs yeux. Des centaines d'animaux et d'humains moches et moins moches sont prêts à leur prêter patte forte, à manifester avec eux, à fonder un parti politique, à faire la révolution. Pas moins.

Dès le lendemain, ils se remettent au travail pour organiser la prochaine grande journée de manifestation nationale. Des syndicats ont aussi lancé des appels à la grève dans les entreprises où travaillent beaucoup d'animaux moches.

– Il nous faut de nouveaux slogans, dit Marie-Odile.

– Ceux de la dernière fois ne vont plus ? demande Issa.

– Ils sont pas mal, mais il en faut encore plus. Et des meilleurs ! Il faut marquer les esprits.

– On pourrait faire un jeu de mots avec « Bestioles Indignées », propose Pascale sans trop de conviction.

Tandis que ses amis commencent à se creuser la cervelle, Sven allume l'ordinateur. Pour trouver l'inspiration, il veut chercher sur internet les slogans les plus marquants de l'histoire de l'humanité. Alors que l'ordinateur se réveille, une petite bulle d'avertissement annonce quatre cent trois messages non lus sur la boîte e-mail.

Sven ouvre la boîte de réception. Devant ses yeux s'affichent des centaines d'e-mails d'insultes et de menaces. Il clique au hasard et lit :

« Cessez tout de suite vos revendications sinon nous nous vengerons. »

« Les chevaux ne vous laisseront pas faire. »

« Vous aurez beau faire n'importe quoi, vous resterez toujours moches, puants et détestés. »

– Les copains… dit Sven sans décoller les yeux de l'écran.

– Mmmh ?

– Venez voir.

Ils se pressent autour du hyène pour regarder l'écran.

– Ce sont des messages de menaces, dit Sven.

– C'est dingue, siffle Issa.

– Ils sont fous, dit Marie-Odile.

– Ça me fait peur, dit Pascale, tremblotante.

– Ne t'inquiète pas, lui dit Alfred. Ce ne sont que des mots en l'air. Ils ne feront rien. Ceux qui envoient ce genre de messages n'ont pas de courage. Ignorez-les.

Mais les quatre animaux ne peuvent pas s'empêcher de lire. Ils sont happés par ces messages (parfois très longs) tous plus méchants les uns que les autres. Les e-mails semblent avoir été envoyés en masse, presque tous en même temps, comme si tout un groupe de personnes s'était ligué contre eux pour les assaillir.

– Ils ont peut-être raison, dit soudain Pascale en se dégageant de l'écran. Vous n'avez pas l'impression que ça va trop vite ? Que tout ça risque de devenir incontrôlable ? On devrait peut-être arrêter avant que ça nous dépasse et que les conséquences deviennent dramatiques.

Marie-Odile, Sven et Issa voudraient la rassurer, mais eux-mêmes sont un peu inquiets. C'est Alfred qui les réconforte :

– Justement pas ! Si les chevaux et leurs alliés montent sur leurs grands chevaux, pardon pour le jeu de mots, alors ça signifie que vous avez touché quelque chose d'important et que votre combat est juste. Ils ont peur de perdre leurs privilèges.

Avec autorité, Alfred se saisit de la souris de l'ordinateur. Il sélectionne tous les messages et appuie sur « effacer ».

– Voilà, dit-il. Comme ça, vous n'aurez plus à être inquiets. Et, à partir de maintenant, c'est moi qui lis les e-mails.

Malgré la confiance d'Alfred, les quatre amis sont un peu remués.

Ce qui n'était au départ que le petit ronchonnement de quatre copains en manque de câlins, est en train de se transformer en une véritable révolution. Avec ses alliés, mais aussi ses ennemis. Et à ça, ils ne s'étaient pas préparés.

chapitre 15

Ce matin, Sven et Pascale ont rendez-vous avec Inès l'ânesse. Contre toute attente, elle est parvenue à intégrer l'École des Chevaux de Sang Pur pour mener son enquête.

Dans l'histoire de cet établissement, c'est un événement. Depuis trente-deux années que l'ECSP existe, les équidés non pur-sang qui y ont été élèves se comptent sur les griffes des quatre amis. Des poneys surtout, et quelques ânes, zèbres et chevaux de selle ont été acceptés en apportant la preuve de leur bonne éducation et de leurs moyens financiers. Son allure, sa culture, et l'argent récolté grâce aux dons des autres animaux moches, ont permis à Inès de convaincre les examinateurs.

Au téléphone, elle a annoncé aux amis qu'elle avait de sacrées révélations.

L'ânesse attend la mygale et le hyène à la terrasse d'un café, lunettes de soleil sur le bout du nez, en sirotant une limonade. « Qu'elle est belle ! » pense Pascale, envieuse. Pascale a beau être totalement engagée dans le combat des Bestioles Indignées, elle ne peut s'empêcher d'admirer les animaux plus beaux qu'elle. La petite mygale se sent complexée par sa démarche clopinante, ses poils hirsutes et ternes, et ses yeux globuleux. Souvent, elle rêve d'être née dans un autre corps, un corps de gazelle ou de panthère, un corps puissant et gracieux, un corps avec seulement deux yeux et quatre pattes, mais quatre pattes suffisamment grandes pour qu'enfin plus personne ne lui marche dessus.

Le hyène et la mygale s'installent en face d'Inès.

– Alors ? demande Sven, impatient.

Inès tend ses oreilles pointues et délicatement duveteuses vers la gauche puis vers la droite, observe les quelques personnes installées aux alentours sur la terrasse. Elle ne semble pas tranquille.

– On peut aller ailleurs ?

Sans attendre leur réponse, elle se lève. Sven et Pascale la suivent. Ils parcourent rapidement et en silence les artères de la ville, font des détours, reviennent sur leurs pas, prennent des petites rues transversales, changent de direction à la dernière minute. Inès ne dit rien, elle semble déterminée et toujours très attentive à ce qui se passe autour d'elle. Pascale a du mal à suivre le rythme de l'ânesse et du hyène, mais les deux mammifères ne s'en rendent pas compte.

La petite mygale finit par sauter sur le dos de Sven et s'accroche à sa crinière. Mais elle continue à ruminer intérieurement. Elle se sent laissée de côté. « C'est bien joli de vouloir défendre leur propre cause d'animaux moches, se dit-elle, mais ils pourraient aussi penser aux petits, à ceux qui ont moins d'aisance. » Comme souvent, sa timidité et son manque de confiance en elle l'empêchent de s'affirmer, même face à ses amis. Pourtant, elle aimerait défendre ses opinions et ses droits, mais elle a trop peur de se laisser déborder par ses émotions. Seul Issa, qui la connaît sur le bout des écailles, sait à quel point elle en a honte. Souvent il lui dit : « C'est parce que tu es si sensible que je t'adore, tu sais. »

Inès s'engouffre dans une ruelle sombre et s'arrête. Elle regarde encore une fois tout autour d'elle et ouvre enfin la bouche.

– Désolée pour tous ces détours, mais depuis quelques jours, j'ai l'impression d'être suivie. Je préfère être prudente.

Elle sort de l'intérieur de son imperméable une grande enveloppe kraft et la tend à Sven.

– J'ai pris des photos.

Sven chausse ses lunettes et ouvre l'enveloppe. La mygale et le hyène découvrent les images en silence.

– C'est édifiant ! chuchote Pascale à Sven.

– Oui, on dirait…

– Une secte.

– Exactement ! C'est pire que ce que j'imaginais.

Les premières photos montrent l'intérieur de l'École des Chevaux de Sang Pur, et quelques-uns des animaux qui la fréquentent.

Inès commente les images. On y voit des cours de maintien et de bonnes manières, pour apprendre aux chevaux à manger avec distinction, à faire la conversation et à marcher la tête haute, un sabot devant l'autre et toujours à la bonne allure. Mais on y voit aussi des cours où les chevaux jouent carrément aux mannequins : ils font de la musculation, ils apprennent à balancer élégamment leur crinière, à faire des clins d'œil, à retrousser leurs lèvres avec glamour, à trotter et galoper en roulant de la croupe.

– La plupart des élèves sont comme des poissons dans l'eau dans ces cours, dit Inès. Ce sont des choses qu'ils apprennent depuis tout petits. Mais ici, ils sont entre eux, ils se connaissent tous, ils montent des réseaux.

Les photos qui suivent perturbent beaucoup Sven et Pascale. Toute l'éducation de ces chevaux « d'élite » s'articule autour de leur volonté de se faire aimer des petites filles. Ils fabriquent du matériel de propagande : autocollants, t-shirts « J'♥ les chevaux », cahiers d'activités, livres, jouets, magazines, figurines, peluches… Ils suivent également des cours de manipulation et de psychologie humaine.

– Ils ont aussi des leçons d'économie des animaux, explique Inès.

– Pour vendre des animaux ? s'étonne Pascale.

– Non, pour apprendre à analyser les cours de la cote des animaux mignons concurrents, comme les dauphins, les chats, les lapins et les pandas. C'est un peu comme pour la bourse. Par exemple, si un film avec un dauphin sort au cinéma, les dauphins vont avoir une cote très haute pendant quelques semaines. Puis un bébé panda va naître quelque part dans le monde, et c'est le panda qui va devenir la coqueluche du moment.

– Mais les chevaux n'ont pas d'influence là-dessus ! rétorque Pascale.

– Justement, si ! Quand la cote d'un animal monte trop haut ou reste trop longtemps au top, les chevaux lancent des campagnes de dénigrement.

– C'est-à-dire ?

– Eh bien, ils ont par exemple produit un documentaire sur la dangerosité des orques. Ils diffusent régulièrement des vidéos de chats, se moquant de leur maladresse ou de leur égoïsme. Ils ont aussi publié de fausses études scientifiques pour faire croire que les renards propagent des maladies. En fait, ils sont derrière toutes les actions calomnieuses envers les autres animaux, mais personne ne le sait.

Sven et Pascale sont estomaqués. Ils étaient un peu jaloux de la popularité des chevaux, mais ils n'avaient jamais imaginé que c'était soigneusement manigancé. Naïvement, ils pensaient que les chevaux, s'ils profitaient avec plaisir de leur position, n'en étaient pas responsables. Mais en réalité tout était calculé. Alors qu'ils croyaient simplement être victimes d'une petite injustice, les animaux moches réalisent, en détricotant toutes les inégalités dont ils sont les victimes, que la domination des plus beaux est une machination qui dure depuis plusieurs générations.

Sur le chemin du retour, les deux amis ne parviennent pas à penser à autre chose. Ils sont sonnés, comme s'ils venaient de se prendre un arbre en plein museau.

– Tu crois que c'est comme ça depuis toujours ? demande Pascale. Que les chevaux ont toujours été les animaux les plus puissants ? Ou bien tu penses qu'il y a un moment où ils étaient comme nous ? Où on était tous égaux ?

– Je ne sais pas. Il faudrait interroger un historien, quelqu'un qui connaît bien l'époque de la Domination humaine.

À l'école, ils ont appris qu'avant la Révolution de 2018, le monde était un peu barbare. Les hommes pensaient que les animaux n'avaient pas vraiment de conscience ni de sentiments, alors ils s'autorisaient à les tuer pour les manger. D'ailleurs, les animaux eux-mêmes s'entre-mangeaient. C'était la loi du plus fort partout, tout le temps. Les quatre amis n'ont pas connu cette période, ils sont nés plusieurs dizaines d'années après la Révolution de 2018. Ils ont grandi à l'ère de l'Égalité animale, dans un monde où la cohabitation pacifique entre les espèces est une évidence et ils ont bien du mal à penser que ça fait si peu de temps que c'est ainsi. Quand ils essaient d'imaginer ce à quoi ressemblait le monde d'avant, ils n'ont en tête que les images de violence, de sang et parfois même de cruauté qu'ils ont vues dans leurs livres d'histoire : les boucheries et les abattoirs, la corrida où on mettait à mort les taureaux, la chasse, les animaux dressés dans les cirques, les zoos où on les enfermait derrière des barreaux, les aquariums…

– Il me semble avoir lu que les chevaux aussi étaient mangés, à l'époque, dit Pascale après une longue réflexion.

– Mais pas par tout le monde. Et certains d'entre eux étaient même considérés comme des amis par les humains. Comme les chats et les chiens.

– Les êtres humains sont vraiment pleins de paradoxes, soupire Pascale.

Les deux amis marchent en silence. Ils repensent à ce qu'ils ont vu sur les photos, à ce qu'ils vont dire au reste du groupe. À ce qu'ils doivent faire maintenant qu'ils savent ça. Une question reste néanmoins sans réponse dans la tête de Pascale :

– Mais alors pourquoi les chevaux sont-ils devenus si manipulateurs, alors que les chats et les chiens sont restés plutôt sympas ?

– Je ne sais pas, ma Pascale. Je ne sais pas. Peut-être que *tous* les chevaux ne sont pas comme ça ?

De retour à la maison, ils montrent les images à Marie-Odile, Issa et Alfred, qui écoutent les explications avec stupeur.

– Est-ce qu'on doit faire la même chose qu'eux, vous pensez ? demande Issa. Je veux dire : fabriquer des trucs, des t-shirts et des badges à notre effigie. Vous pensez que c'est ça la solution ?

Tout le monde se regarde. Les animaux trouvent ça fou, mais ils se questionnent malgré tout. Après tout, si ça marche pour les chevaux, pourquoi pas pour eux ?

Comme personne ne lui répond, Issa se met à imaginer ce à quoi ressemblerait un poster géant à son effigie. Il lève la tête, roule de la croupe imaginaire, gonfle ce qui serait son torse s'il en avait un, et regarde ses amis avec l'air ténébreux et la bouche en cœur. Les animaux éclatent de rire.

– Vous imaginez, dit Pascale en pleurant de rire, un enfant naît et on lui offre une poupée mygale, ahahah !

– Qui veut mon t-shirt « J'♥ les hyènes » ou « Les crocos sont les plus beaux ! » ? enchaîne Marie-Odile, morte de rire.

– Moi, je veux bien tout ça ! s'exclame Alfred en levant la main.

– Oui, mais toi tu es un être exceptionnel, lui dit Pascale, ses huit petits yeux pleins d'étoiles.

– Quoi qu'il en soit, dit Sven, on ne peut clairement pas créer des vêtements, des jouets ou des magazines à notre effigie. Personne ne voudra coller un autocollant à notre image sur son classeur.

– Et puis moi, ça me gênerait, ajoute Marie-Odile. J'aurais l'impression de tricher, d'acheter l'amour des enfants. Non, on doit se faire aimer pour notre personnalité, pas parce qu'on se donne de l'importance.

– Il faut se rendre à l'évidence, dit Issa : on ne sera jamais des rock-stars.

Leurs atouts, c'est l'authenticité, la personnalité, l'humour, la gentillesse. Et ils seront aimés pour ces raisons ou ils ne le seront pas.

Ils en font le serment ce jour-là, patte dans la patte, à la veille de la seconde grande manifestation des Bestioles Indignées.

chapitre 16

Chaque année, pour l'anniversaire de Sven, les amis dégustent exactement le même repas : lasagnes à la sauce tomate et aux champignons et gâteau aux premières-fraises-de-la-saison. Il faut dire que Sven est un peu monomaniaque.

Le couteau coincé par une boucle dans son long corps souple, Issa découpe avec application de généreuses parts dans le plat de lasagnes qu'il a préparé. Une épaisse couche de fromage de noix de cajou bien dorée et parfaitement gratinée le recouvre. Issa est fier de lui, son plat fétiche (et celui que ses amis préfèrent déguster) est réussi :

parfaitement croquant sur le dessus, et fondant à l'intérieur. Alfred remue la salade de mâche.

– Depuis le temps que vous me parliez de ces lasagnes ! dit Alfred. C'est magnifique, Issa. Tu devrais être chef !

Les joues du boa virent au mauve.

– J'adorerais ! Mais jamais on ne laissera un serpent préparer à manger dans un vrai restaurant. On ne nous accepte que dans les cuisines des fast-foods.

Alfred soupire, peiné pour son ami.

– En tout cas, j'admire tout ce que tu arrives à faire alors même que tu n'as pas de mains.

– Au fait, Alfred, tu fais quoi comme métier, toi ? lui demande Pascale. Tu ne nous l'as jamais dit.

– Je fais le ménage dans de grandes entreprises, généralement le matin tôt avant que les employés arrivent, ou le soir quand ils sont partis.

Avec la pointe de sa queue, Issa se gratte la tête d'un air dubitatif.

– Il y a quelque chose que je ne comprends pas, dit-il. Puisque tu as un travail, pourquoi tu n'as pas de maison ou d'appartement à toi ?

– Je travaille, mais je ne suis pas salarié. Je n'ai pas de contrat, je suis payé à l'heure, selon les besoins. Et sans contrat, je ne peux pas louer de logement, car les propriétaires ont peur que je ne puisse plus payer mon loyer.

– Mais c'est injuste ! s'indigne Pascale.

– Eh oui, dit Alfred, résigné.

– C'est légal, de ne pas avoir de contrat ? demande Marie-Odile.

– Je ne suis pas sûr. Mais je n'ai pas vraiment le choix. Pour l'instant, j'ai besoin de ce travail pour manger.

– J'espère que tu vas te décider à rester vivre avec nous, dit Issa. Nous, on s'en fiche que tu n'aies pas de contrat, tu sais.

– Dis oui ! Dis oui ! Dis oui ! s'écrie Pascale en rebondissant sur la tête d'Alfred.

– Peut-être. Je vais y réfléchir, dit-il en attrapant délicatement la championne de trampoline pour la reposer sur la table.

Les amis font semblant de croire à son hésitation, mais ils savent qu'Alfred ne partira pas, car il est devenu un membre à part entière de cette maison. Et surtout, il est devenu leur ami. Et avoir un nouvel ami à leur table pour fêter l'anniversaire de Sven, ce n'est pas rien dans une vie d'animaux moches.

Tout en croquant à pleins crocs dans une grosse part de lasagnes, éclaboussant Issa et Marie-Odile de sauce tomate, Sven demande :

– Tu viens à la manifestation de demain, Alfred ?

– Je ne peux pas, mon patron m'a demandé de remplacer un collègue absent.

– Tu pourrais faire grève, comme nous ?

– Oui, mais comme je n'ai pas de contrat, je vais me faire virer si je fais grève.

– Mais tu pourrais porter plainte, lui faire un procès ! s'emporte Marie-Odile.

– Pour ça, il faut de l'argent. Et puis je n'ai pas l'énergie.

– On pourrait t'aider, nous, dit Marie-Odile.

Alfred lui sourit, rassurant.

– Doucement, ma chère croco, un combat à la fois ! On s'occupe déjà de votre cas et on reparlera ensuite de ma situation. Allez, c'est l'heure du gâteau, non ?

Alfred éteint la lumière et Marie-Odile apporte un énorme gâteau aux fraises surmonté de vingt-six bougies. Toute l'assemblée se met à chanter.

Sven gonfle les poumons et éteint toutes les flammes d'un seul souffle.

De petites volutes de fumée grise s'échappent des vingt-six bougies. Marie-Odile, Issa, Pascale et Alfred applaudissent.

– Tu as encore du souffle pour ton grand âge, plaisante Alfred. Sven, je te souhaite le plus bel anniversaire du monde !

– Joyeux anniversaire, Sven ! répètent Marie-Odile, Pascale et Issa en chœur.

– Merci, les amis.

Marie-Odile souffle quelque chose à l'oreille d'Issa, qui se glisse dans l'escalier, un sourire malicieux sur les lèvres. Il revient quelques secondes plus tard avec un petit paquet en forme de gros bonbon.

– Avec toute cette histoire, dit-il en tendant le paquet à son ami le hyène, on n'a pas eu le temps de te trouver un cadeau sensationnel, alors on l'a fabriqué. C'est de notre part à tous les quatre.

Tandis que Sven ouvre le paquet, ses amis le regardent, impatients. Sven déroule un morceau de tissu. Il s'agit d'un long panneau sur lequel chacun a (plus ou moins bien) dessiné un portrait de lui.

Au-dessus, ils ont écrit en lettres capitales : « Sven, la plus belle des mochetés, notre ami préféré. »

Sven éclate de rire.

– Merci, les amis, c'est trop drôle et touchant. Vous aussi vous êtes mes préférés.

Tout en mangeant son gâteau aux fraises, Sven observe les dessins, pensif.

– Dites, ça me donne une idée, votre création, dit-il en se levant pour attraper quelques feuilles de papier et un feutre. Vous savez, hier, on faisait des blagues à propos des t-shirts à notre effigie…

– On en a déjà parlé, dit Marie-Odile. Ce n'est pas possible, personne ne voudra acheter ça. En plus, certains d'entre nous sont déjà les emblèmes de marques de vêtements ou de superhéros.

– Non, ce qui m'intéresse, ce ne sont pas les t-shirts, dit Sven en traçant quelques grands traits sur une feuille. Ce qui m'intéresse, c'est ce que vous avez fait sur le tableau : c'est l'humour. Pour être percutants, il faut qu'on soit drôles. C'est comme ça qu'on va montrer qu'on est charmants.

Il dessine rapidement le contour de la tête de différents animaux sur les feuilles de papier : un cheval, une jeune femme, une hyène, un chat.

Ses quatre amis le regardent, interloqués. Le hyène pose les quatre dessins côte à côte et tend le stylo à Issa.

– Je ne dessine pas assez bien, mais toi tu devrais y arriver. Est-ce que tu peux leur faire chacun un air ensommeillé, bouffi ? Un visage moche, quoi.

À mesure que les visages se révèlent sous le feutre d'Issa, les autres animaux commencent à comprendre ce que Sven a en tête. Quand Issa a terminé, Sven reprend le stylo et écrit au-dessus : « La mocheté est une question de perspective : tout dépend comment on regarde. »

– C'est génial ! s'exclame Pascale.

– Tu as raison, dit Marie-Odile. Il faut qu'on soit drôles. Qu'on dérange et qu'on fasse rire.

– Et si on fait des portraits vus d'en dessous, propose Alfred, on peut aussi écrire : « Tout le monde à l'air moche vu d'en dessous. »

– Génial, ce slogan ! dit Marie-Odile.

– On prépare ça pour la manif ? demande Issa.

– On pourrait même étendre cette idée à d'autres supports, dit Pascale. Faire une campagne d'affichage, de fausses publicités…

Le visage de Sven s'illumine soudain.

– Je sais ! s'exclame le hyène. Vous savez, tout ce que font les chevaux : les figurines, les peluches, les t-shirts, les jouets… Eh bien, on va en faire, nous aussi. Pas pour les vendre, mais pour provoquer !

chapitre 17

Il est 15 h 30. Malgré le vent qui rabat les poils, les plumes et les écailles des animaux moches sur leurs visages, la manifestation envahit les rues de la ville comme une vague. On n'a pas vu de rassemblement aussi important depuis la Révolution de 2018. Il y a plusieurs dizaines de milliers d'animaux. Même s'ils ont tendance à rester entre congénères de la même espèce (les humains ensemble, les oiseaux en surplomb, les anciens animaux sauvages au milieu, les singes devant…), l'ensemble constitue tout de même un formidable brassage, joyeux, multiple, remuant.

Marie-Odile, Sven et Issa attrapent chacun un poteau et ils étendent leur banderole au-dessus d'eux. Les visages grimaçants d'une hyène, d'un chaton, d'une femme et d'un cheval esquissés il y a quelques jours, et leur slogan, « La mocheté est une question de perspective », dominent la manifestation comme les dragons géants qui dansent au-dessus de la foule lors de la parade du Nouvel An chinois. Pascale grimpe sur le dos de Marie-Odile et saute sur la banderole pour arriver au sommet. Elle s'accroche de toutes ses pattes pour ne pas se laisser emporter par les vagues de la marche. De son point de vue haut perché, elle admire l'incroyable foule qui les entoure.

Dans le cortège, Marie-Odile observe ceux qui défilent à leurs côtés et remarque de nouvelles têtes, de nouvelles espèces animales qu'elle ne s'attendait pas vraiment à voir ici. Un groupe de pandas, par exemple, revendiquent le droit à être gros sans être jugés ou taxés de goinfres. Des cochons défendent leur goût pour les roulades dans la boue, et un couple d'ornithorynques militent pour qu'on apprenne à écrire leur nom. Des paresseux sont venus en vélo électrique pour pouvoir suivre le rythme de la marche sans trop se fatiguer. Ils revendiquent leur droit à la lenteur. « Vous croyez que c'est facile d'avoir de l'énergie quand votre estomac ne peut digérer que des feuilles ? » questionnent leurs pancartes. Des pigeons volent au-dessus de la foule en tenant par le bec une grande banderole particulièrement déchirante qui dit : « Si on mange vos déchets, ce n'est pas parce qu'on est dégueulasses, c'est parce que vous ne nous laissez rien d'autre. » Des vautours, des dindons, des varans, des autruches, des grenouilles, des représentants de presque tout le règne animal sont là. En fait, on dirait que tous les animaux se sentent concernés par ce combat, comme si le sentiment d'injustice était finalement l'un des plus partagés au monde.

Seuls les poissons et les animaux marins sont contraints d'organiser leurs propres manifestations dans les ports.

À la gauche de Marie-Odile se trouve un groupe d'anciens animaux de ferme. Il y a parmi eux des cochons, mais aussi des moutons et des brebis, des vaches, des poules et des coqs, et même une jolie chèvre blanche tachetée de brun et son adorable petit cabri. Marie-Odile brûle d'envie de leur parler, mais elle n'ose pas. Elle voudrait savoir ce qui les a décidés à rejoindre le mouvement, alors qu'ils n'ont rien de moche. Elle remarque même des chats, des chiens et des lapins, des écureuils, des renards, des animaux familiers ou admirés par la plupart des humains. Ils auraient pu se mettre dans l'autre camp. Prendre la défense des chevaux pour profiter de leur influence et de leur soutien. Mais ils sont là, du côté des moches. Solidaires.

Penser qu'ils ont choisi le camp des plus faibles met du baume au cœur de Marie-Odile.

Comme s'il lisait dans les pensées de la crocodile ou qu'il avait croisé son regard curieux, un peu comme s'il s'excusait aussi, le cochon qui marche à ses côtés finit par glisser son groin près d'elle et lui dire :

– Je sais qui vous êtes. Gruik gruik. Je vous ai vue à la télévision, vous avez été géniale. Gruik.

Il ponctue toutes ses phrases d'un petit ronflement que Marie-Odile trouve absolument charmant. Verdissant comme un humain rougirait, elle s'empresse de montrer ses amis de sa griffe en disant :

– Je ne suis pas toute seule. Nous sommes quatre.

– Je voulais vous remercier pour tout ce que vous faites. C'est important. Gruik gruik. Vous savez, j'ai eu du mal à convaincre mes copains anciens animaux de ferme de vous rejoindre. Pour moi, c'était évident d'être là, car on se moque beaucoup de moi. Gruik. Mais pour les autres, les moutons, les chèvres, c'était beaucoup plus compliqué. Certains craignaient qu'en s'associant à vous, gruik, on fasse encore baisser notre cote de popularité. Gruik gruik.

– Qu'est-ce qui les a décidés, alors ? demande Marie-Odile.

– Je leur ai rappelé notre histoire d'animaux « de consommation », gruik. Ils ont beau ne plus nous manger, les humains ne nous aiment toujours pas beaucoup. On est devenus sans intérêt puisqu'on n'est plus comestibles. Gruik gruik. En se battant à vos côtés, on se serre les coudes.

– Vous avez raison, dit-elle. Mille fois raison. J'ai honte de ne pas y avoir pensé avant.

Le cochon sourit et Marie-Odile lui sourit en retour. Elle ne sait pas bien pourquoi, mais il y a quelque chose chez ce cochon qui lui plaît beaucoup.

– Je m'appelle Léon, dit-il en lui tendant la patte.

Marie-Odile attrape son sabot d'un geste volontaire. En touchant avec ses grosses écailles la peau veloutée du cochon, elle est un peu troublée.

– Enchantée, Léon. Moi, c'est Marie-Odile. Bienvenue chez les moches.

– Gruik, vive les moches ! s'empresse de crier Léon.

Croyant qu'il lance un nouveau slogan, les animaux autour d'eux, suivis du reste de la foule, reprennent la phrase en chœur.

– Vive les moches ! s'écrient du fond du cœur des dizaines de milliers de Bestioles Indignées.

Marie-Odile est sur un petit nuage et Léon rosit de joie.

Les manifestants sont tout à leurs slogans et à leurs chants (« On est moches, mais on n'est pas cloches », vient de lancer Léon) quand, soudain, une clameur monte depuis le cœur du cortège. Les quatre amis et Léon s'arrêtent et remontent le torrent d'animaux moches à contre-courant pour aller voir ce qui se passe. Une centaine de mètres derrière eux, des manifestants sont arrêtés. En ligne, réfugiés derrière une grande pancarte comme si c'était leur armure, ils font face à une trentaine de chevaux armés de matraques et portant des casques, qui les insultent et les provoquent :

– Vous êtes hideux, dégoûtants !

– Vous nous répugnez !

– Vous êtes la risée de l'animalité. Vous devriez avoir honte !

Les nasiques, hyènes et vautours tentent de garder leur calme face à cette violence, mais les chevaux crachent de plus belle leurs insultes entre leurs babines retroussées. Ils n'attendent qu'une chose : que les animaux moches craquent et s'en prennent physiquement à eux pour pouvoir riposter. Ils ne risquent pas grand-chose. Ils sont mieux équipés, plus organisés, et surtout, leur beauté fait office de présomption d'innocence : les moches semblent toujours plus coupables que les beaux.

– Ignorez-les, dit Sven avec autorité. Il ne faut pas répliquer, c'est ce qu'ils veulent ! Allez les amis, on continue à manifester, on fait comme s'ils n'existaient pas.

Un cheval particulièrement agressif lance alors à un putois, à grand renfort de postillons : « Tu pues, t'es moche, tu ne sers à rien, tout le monde te déteste ! Retourne te cacher dans ta forêt, on ne veut pas te voir. » En réponse, tout un groupe de putois et de moufettes excédées largue une énorme boule puante en direction des chevaux. Il n'en fallait pas plus pour mettre le feu aux poudres. Des chevaux se jettent sur les animaux moches en ruant et en donnant des coups de sabot, et les manifestants ripostent avec leurs petites pattes, leurs griffes et leurs dents. Mais la plupart d'entre eux ne savent pas se battre, car depuis tout petits ils n'ont appris qu'à fuir et à se cacher.

Les quatre amis restent en dehors du conflit, tentant tant bien que mal de calmer tout le monde. Pascale remarque soudain une scorpionne qui s'approche discrètement d'un cheval en brandissant l'aiguillon venimeux situé à la pointe de sa queue. En tant que mygale, Pascale est particulièrement consciente que certains animaux moches possèdent des armes très dangereuses qu'il ne faudrait surtout pas utiliser. Alors, oubliant qu'on l'a toujours surnommée « Miss chocottes », Pascale se jette dans la foule, rebondit sur les têtes des animaux en train de se battre, s'accroche à une crinière, s'élance dans le vide façon Tarzan, se jette sur le cheval qui est sur le point de se faire piquer et se laisse glisser le long de sa patte, pour atterrir juste devant la scorpionne.

– Stoooop ! hurle-t-elle en se dressant sur ses pattes, et sa voix est si stridente que tout le monde s'arrête soudain pour la regarder.

– Laisse-moi passer, dit la scorpionne. J'en ai assez. Il est temps qu'on se venge.

– Tu ne peux pas faire ça. Si tu empoisonnes un cheval, tu finiras en prison. Ou tu seras tuée.

Tout le monde autour d'eux retient son souffle.

– Je m'en fiche, dit la scorpionne. Ça ne changera rien. Je suis déjà emprisonnée dans ma carapace depuis que je suis née.

– Justement ! Nous sommes sur le point de changer les choses. Tu ne peux pas tout gâcher. Pas maintenant. Si un cheval meurt, c'en est fini de notre combat. On ne parlera plus que de ça, de ce « drame ». On ne sera plus jamais autre chose que des animaux moches ET dangereux.

Pascale a fait mouche. La scorpionne s'arrête. Elle baisse sa queue.

– Ce n'est pas terminé, lance la scorpionne aux chevaux qui ruent et hennissent dans leur direction. On se vengera !

Puis elle fait demi-tour et s'éloigne vers le cortège. Les animaux moches reprennent leur souffle. Plus personne n'a envie de se battre. Les blessés se font soigner par des médecins et des secouristes et la manifestation retrouve lentement son calme.

La scorpionne trottine pour rejoindre Pascale qui l'attend sur le côté. Après quelques secondes de marche en silence, elle se tourne vers elle et dit avec toute la douceur du monde :

– Merci. Sans toi, j'aurais fait une sacrée bêtise.

Pascale lui sourit.

– On est toutes dans la même galère.

chapitre 18

Bien sûr, le lendemain, les journaux ne parlent que de cet incident. Oubliées les marches pacifiques dans tout le pays, les centaines de milliers de manifestants, les grèves et les nombreux soutiens qui sont venus rejoindre le mouvement. Évidemment, la plupart des récits évoquent « les attaques des animaux moches », des manifestants « violents », « agressifs », « extrémistes »…

Violences en marge de la manifestation, *Affrontements entre manifestants et chevaux*, *Des animaux moches attaquent des chevaux*, disent les gros titres.

Sven est en rogne, il tourne en rond dans le salon en vociférant des insultes envers les journalistes et les chevaux.

En ce moment, la maison ressemble à un campement, au quartier général d'une armée en temps de guerre : tout l'espace commun est dédié au travail, et il y a tout le temps du passage, des alliés qui viennent préparer des actions ou qui dorment à la maison.

Cette nuit, Alfred était dans la chambre d'amis, Yvonne la scorpionne a dormi sur un coussin, Inès l'ânesse sur le canapé-lit, tandis que Léon le cochon et Marie-Odile la crocodile ont passé une bonne partie de la nuit à discuter tous les deux sur la terrasse à la lueur d'une lampe de jardin.

Ce matin, ils se sont tous remis au travail dès le lever du soleil. Ils mettent en œuvre la nouvelle idée de Sven. La radio en fond sonore, ils dessinent des modèles de figurines affreuses, d'horribles peluches et de repoussants jouets à l'effigie des animaux moches.

Soudain, Alfred se redresse et monte le son du poste.

– Écoutez ça !

Tout le monde se tait et tend l'oreille.

« … journal *La Sentinelle* a diffusé sur son site internet une vidéo qui donne à voir une version complètement différente des affrontements qui ont éclaté en marge de la manifestation des animaux moches. Elle vient mettre en doute les récits rapportés par les témoins. On y voit une brigade de chevaux insultants à l'égard des manifestants, et une mygale qui s'interpose pour éviter un débordement dramatique… »

– On parle de toi à la radio ! s'écrie Issa en direction de Pascale.

La mygale rougit.

« … la responsabilité de ces chevaux est largement mise en cause dans cette vidéo. Leur identité n'a pas encore été dévoilée. Le Grand Conseil des Chevaux et le Syndicat des Équidés Solidaires ont annoncé qu'ils se réuniront au ministère des Animaux dans la matinée pour établir une ligne de conduite. Il semble évident qu'une sanction doit être prise par le gouvernement à l'égard des fauteurs de troubles. »

– Youhou ! crient les animaux en sautant partout, dandinant de la croupe et se tapant dans les pattes. On a réussi !

Cette première petite victoire leur fait un bien fou.

– Il ne faut pas nous endormir sur nos lauriers, dit Marie-Odile. Ce n'est qu'un début. Il faut faire en sorte que la vidéo soit la plus vue possible. Il faut la diffuser au maximum.

– Les amis, dit alors Inès, gravement, je crois qu'il est temps d'envoyer les images de l'ECSP à ce journal.

Sven se tourne vers elle :

– C'est trop dangereux ! Ça va finir par te retomber dessus, Inès. Ils vont probablement t'identifier. Il y aura des représailles.

– Je m'en fiche. Le temps qu'ils me démasquent, ils auront perdu toute légitimité. Ils ne pourront rien faire. On y va.

– Bon. Si tu es sûre de toi, on contacte la rédaction de *La Sentinelle*.

– Je suis confiante, répond Inès avec une assurance et un courage qui épatent Sven.

Il ne faut que quelques minutes aux animaux pour trouver les coordonnées du journaliste qui a publié la vidéo des affrontements entre chevaux et manifestants. C'est le rédacteur en chef du journal *La Sentinelle*. Camille Dao Dinh.

Avec ses huit pattes agiles qui rebondissent sur les touches du clavier, Pascale lui écrit un e-mail.

Toute la journée, les animaux attendent fébrilement sa réponse tandis qu'ils continuent à préparer de faux jouets et de fausses peluches. Le temps que le message du journaliste leur parvienne, la vidéo du journal a dépassé le million de vues et les cent cinquante mille commentaires. C'est vertigineux.

Pour éviter d'être espionnés, ils décident qu'il est plus prudent de se rendre directement chez le journaliste, qui vit en périphérie d'une grande ville, à quelques heures de train. La délégation, qui partira deux jours plus tard à l'aube, sera composée d'Inès, puisque c'est elle qui possède les informations, de Sven, qui reste leur meilleur porte-parole, et d'Alfred, pour apporter une caution humaine.

chapitre 19

Au petit matin, les trois émissaires montent dans le train avec une certaine appréhension. Autour d'eux, les sièges sont surtout occupés par des humains. Les animaux voyagent généralement peu, et leur étrange trio ne passe pas inaperçu. Ils s'installent dans un carré, à côté d'une jeune femme qui change rapidement de place, manifestement pas à l'aise près de ces drôles d'énergumènes. Sven est agacé par son départ, il sort les crocs. Mais, d'un regard réprobateur, Inès et Alfred lui intiment de ne rien dire. Sven ravale sa fierté, contrarié.

– Malheureusement, c'est classique, lui souffle Alfred discrètement.

– Et si ça se trouve, dit Inès, elle a changé de place pour une autre raison. Elle voulait peut-être juste pouvoir poser son sac à côté d'elle.

– Tu parles, elle trouvait surtout qu'on était trop moches pour être côtoyés, râle Sven avant d'ouvrir son journal.

Pour rejoindre la maison du journaliste, il faut ensuite prendre le tram puis le bus. Difficile d'imaginer que de grandes révélations et des enquêtes politiques pointues se préparent dans cette petite maison biscornue à la porte rouge vif, située dans une ville-dortoir.

Alfred frappe à la porte. Une jeune femme leur ouvre. « Sûrement la petite amie du journaliste », se dit Sven.

– Bonjour, nous venons voir monsieur Camille Dao Dinh, dit le hyène.

– C'est moi. *Madame* Camille Dao Dinh.

Sven la regarde d'un air surpris.

– Je pensais que vous étiez un garçon, dit-il.

– Je pensais que vous étiez plus malin que ça, répond-elle du tac au tac, comme s'ils disputaient une partie de squash.

Sven grommelle tandis qu'Alfred et Inès rigolent doucement de le voir remis à sa place.

Camille les fait entrer. Décidément, à l'intérieur non plus, sa maison ne ressemble pas à l'idée qu'on peut se faire d'un bureau de journaliste. Des jouets pour enfants traînent partout, c'est un sacré désordre. La table du salon est recouverte de papiers, dont plusieurs ont pour en-tête l'école des chevaux d'élite.

– J'ai commencé à enquêter sur le sujet, dit-elle en montrant les documents du doigt. Ce n'est pas joli joli, je confirme. Il semblerait que l'école ait reçu des financements un peu douteux. Mais je dois encore faire des vérifications.

Elle invite les animaux et Alfred à s'installer à table, et apporte des verres et une grande carafe remplie d'un liquide jaune pâle où flottent des feuilles de menthe.

– Désolée, je n'ai pas de café. Je carbure à la citronnade. Vous en voulez ?

Elle leur sert chacun un verre.

– Bon, montrez-moi ces photos.

Inès prend l'enveloppe dans son sac et la pose sur la table. Elle s'apprête à en sortir les images quand Sven l'interrompt.

– Attends, dit-il à Inès. Qu'est-ce qui nous prouve qu'on peut lui faire confiance ?

– T'es lourd, Sven, soupire Inès. C'est un peu tard pour avoir des doutes, tu crois pas ?

L'ânesse sort les photos de l'enveloppe et les étale sous les yeux de Camille. À nouveau elle explique ce qu'elle a vu à l'ECSP.

Comme les autres, Camille est estomaquée. Pendant près de deux heures, elle écoute Inès raconter son séjour parmi les Chevaux de Sang Pur. Elle enregistre son récit pour pouvoir le retranscrire le plus fidèlement possible. Elle recueille aussi le témoignage de Sven pour dresser son portrait et elle le photographie.

Sven regrette que Pascale, Issa et Marie-Odile ne soient pas là. Ils lui manquent. Il a l'impression de leur voler la vedette, alors il précise à plusieurs reprises que c'est une démarche collective, qu'ils ont pensée et organisée ensemble, d'abord à quatre, puis avec l'aide de tous les autres. Qu'il n'est en aucun cas le cerveau ou le meneur du groupe.

Sven s'est apaisé, il a cessé de défier la journaliste. C'est la première fois qu'il fait preuve d'autant d'humilité, remarque d'ailleurs Alfred en l'écoutant.

De son côté, l'humain ne se sent pas très utile. Ses amis s'en sortent finalement très bien sans lui. Il passe une bonne partie de la journée à écouter les animaux parler, et à feuilleter des livres dans la bibliothèque de la journaliste.

Alors qu'il est en train d'admirer les plantations dans le potager, la journaliste s'approche d'Alfred et lui demande :

– Est-ce que je pourrais aussi vous interviewer ?

– Moi ? demande Alfred. Je ne me sens pas très légitime. Je ne fais pas grand-chose, c'est leur combat. Ce sont eux les stars, les décideurs. Et puis je ne sais pas très bien parler.

– Vous ne leur volerez pas la vedette, je vous le promets, dit Camille en enclenchant son enregistreur. C'est justement ça qui m'intéresse : qu'est-ce qui vous a amené à leurs côtés ? Pourquoi vous êtes-vous intéressé à cette cause ?

Alfred n'y avait pas vraiment réfléchi jusqu'à présent. C'était simplement une évidence, ça lui semblait *juste*. Il se perd quelques secondes dans ses pensées puis il dit avec un sourire un peu mélancolique :

– C'est sans doute parce que je suis un animal moche moi aussi.

Camille lui retourne son sourire puis continue l'interview. Alfred raconte comment il a rencontré les quatre amis, cette nuit où ils se sont cachés près de son campement de fortune. Il parle de la gentillesse, de la solidarité et de la générosité qu'ils ont tout de suite manifestées à son égard, de leur absence de préjugés. Il parle de la chambre d'amis où ils l'ont installé et des pulls que Marie-Odile lui a tricotés.

Camille coupe le micro et dit :

– Je suis désolée, je sais que vous ne voulez pas vous mettre en avant, mais je *dois* raconter votre rencontre avec les animaux moches. C'est une parfaite illustration de leurs personnalités.

– C'est vrai, dit Alfred, que le souvenir de cette rencontre si importante a ému. Ils ont changé ma vie, vous savez.

Camille découpe quelques branches de menthe dans un énorme pot, puis ils retournent à l'intérieur de la maison et retrouvent Inès et Sven. Ils boivent un dernier verre de citronnade avant de repartir en direction de la gare. Sur le pas de la porte, Camille dit :

– Je dois reconnaître que j'avais quelques doutes sur votre démarche avant de vous rencontrer.

Enfin, disons que je ne voyais pas vraiment l'intérêt. Mais vous m'avez complètement convaincue. Je vous promets que je ferai tout ce que je peux pour vous aider.

Durant le trajet retour, en allant acheter un sandwich au wagon-bar, les amis traversent une voiture de première classe. Ils n'y croisent que des humains et des chevaux très affairés, partageant de grandes discussions ou tapant frénétiquement sur leurs claviers, comme si c'était ici que se décidait l'avenir du monde. Sur le passage des amis, tous se taisent, baissent leurs écrans d'ordinateur, et les surveillent d'un air désapprobateur. Est-ce qu'ils les ont reconnus ? Aucun des voyageurs ne dit un mot. Ils attendent simplement la sortie des animaux moches pour reprendre leurs conversations.

chapitre 20

OPÉRATION PELUCHES !
– 50 % SUR TOUT LE MAGASIN !

Sur la devanture de la boutique de jouets où entrent Marie-Odile et Léon, de grands autocollants orange fluo annoncent le démarrage des soldes. Dans la vitrine, des boîtes de jeux de construction géantes sont mises en avant à moitié prix, tandis que de l'autre côté de la porte, c'est une montagne de peluches d'animaux tous plus mignons les uns que les autres qui accueillent les clients.

Les deux animaux portent chacun un sac sur le dos. Pour passer inaperçus, ils ont enfilé des vêtements d'humains et des chapeaux, ce qui n'est finalement pas si discret. Dressés sur leurs pattes arrière, ils tentent de se glisser parmi les clients avec nonchalance.

Au rayon des peluches, Marie-Odile vérifie que personne ne la regarde et elle ouvre son sac. Devant les lapins charmants, les écureuils trognons, les poupons rose bonbon, les chats mignons, les doudous oursons, les chiens câlins et les licornes multicolores, elle dépose une armée de peluches fraîchement cousues par des centaines d'araignées, de mille-pattes, de vers à soie, et d'insectes particulièrement habiles de leurs six, huit ou cent vingt-quatre pattes. Ces doudous pas doux, au pelage hirsute et rêche, représentent des iguanes, des vautours, des salamandres, des morses, des chauves-souris aux canines acérées, des dindons, des rats-taupes…

Au milieu des jouets de bain, Léon dépose des figurines d'animaux moches en silicone délicieusement gluant : blobfishs, grenouilles pleines de pustules, cochons de mer, méduses, axolotls, baudroies des abysses…

Marie-Odile prend l'appareil photo pour immortaliser leur action quand un vendeur s'approche d'eux, l'air méfiant :

– Que faites-vous ? Les photos sont interdites dans le magasin !

Marie-Odile range l'appareil dans son sac, baisse la tête pour dissimuler son visage et marmonne : « Excusez-nous, on s'en va », tandis que Léon lui attrape la patte et l'entraîne vers la sortie. Une fois dehors, ils s'arrêtent pour reprendre leur souffle, se regardent et éclatent de rire, grisés par l'adrénaline. Léon grouine de joie.

Aucun des deux n'a envie de lâcher la patte de l'autre.

Ils réalisent qu'ils ont oublié de déposer les flyers explicatifs et les autocollants à côté des rayons. Ils font demi-tour, toujours patte dans la patte et retournent vers le magasin. Mais arrivés devant l'entrée, de grands cris leur parviennent aux oreilles.

– Mais qu'est-ce que c'est que cette horreur ? s'exclame un client au rayon doudous.

Marie-Odile et Léon se collent à la vitrine pour regarder à l'intérieur du magasin. Léon sort à nouveau l'appareil photo et commence à filmer ce qu'ils voient.

La vendeuse regarde la peluche attentivement et dit, très sérieuse :

– Il me semble que c'est un morse. Un morse… étonnement réaliste.

– Je me fiche de savoir de quel monstre il s'agit ! tempête le client en montrant l'étalage. Vous n'avez pas honte de vendre des choses comme ça ?

Gênée, la vendeuse tente de comprendre ce que font ces animaux horribles parmi les jolies peluches du magasin.

– Ce doit être une erreur, bafouille-t-elle. Nous n'avons jamais commandé ça.

– Appelez-moi le manager !

À côté d'eux, un petit garçon de cinq ou six ans tend la main avec gourmandise vers les bourrelets du morse.

– Je veux ça ! Je veux ça ! dit-il tandis que son père repousse sa main avec autorité.

Devant les figurines en silicone, une petite fille fait connaissance avec un blobfish. Elle appuie dessus avec le bout de son doigt pour le faire dodeliner, à la fois amusée et grimaçante de dégoût. Mais, très vite, ce drôle d'animal semble lui apparaître plus sympathique. Elle le prend dans ses bras, et va voir sa mère :

– Je peux avoir ce poisson ?

La mère a un mouvement de surprise puis elle dit :

– Si c'est ce que tu préfères, alors d'accord.

À la caisse, le vendeur attrape le poisson du bout des doigts, l'air écœuré, avant de se rendre compte que ce drôle de jouet n'est référencé nulle part sur son ordinateur. Après de longues recherches dans la base de données, il finit par dire à la petite fille qu'elle peut l'emporter gratuitement, puisqu'il n'en trouve aucune trace. La petite fille est ravie.

Lorsqu'elle sort du magasin avec sa mère, Marie-Odile lui tend un tract sur lequel leur démarche est expliquée. La mère regarde Marie-Odile en plissant les yeux pour s'assurer qu'elle voit bien ce qu'elle croit voir, puis elle lève le pouce en signe de soutien, complice.

– Elle a compris, dit Léon en s'approchant de Marie-Odile. Gruik. Elle sait qui nous sommes.

– Et elle semble être de notre côté ! dit Marie-Odile, en regardant Léon avec des yeux brillants.

Et dans l'euphorie, elle dépose un baiser avec la pointe de son énorme gueule sur le groin du cochon. Léon émet un petit ronflement de bonheur en faisant frétiller ses oreilles. Son blobfish serré contre elle, la petite fille les observe depuis le parking, attendrie.

Pendant ce temps, dans les magasins de jouets de toute la ville et de tout le pays, d'autres duos improbables sont en train de réaliser le même genre d'expédition, le bisou en moins ! Inès l'ânesse et Germain le lapin (qui a tenu sa promesse de les aider), Sven et Issa, Alfred et Pascale, et des centaines d'autres militants. Comme la crocodile et le cochon, ils déposent dans les rayons des peluches, des figurines, des poupées, des imagiers, des jeux de construction ou encore des marionnettes d'animaux moches, effrayants, gluants, râpeux.

Quelques Bestioles Indignées particulièrement douées en informatique ont même piraté des figurines parlantes de chevaux et de poneys, pour remplacer les hennissements par des rires de hyène, des grognements de crocodile, des cris et des chuintements de chouette effraie, que Sven, Marie-Odile et les autres ont pris un malin plaisir à faire.

Les militants distribuent des tracts à la sortie des magasins, ils discutent avec les clients et les commerçants, ils collent des autocollants dans les rayons. Comme d'habitude, les animaux sont confrontés à des réactions de peur et de rejet et des clients scandalisés. Mais parfois aussi, d'autres expriment leur soutien et leur admiration. Des gens les trouvent drôles et culottés, certains même les remercient de leur ouvrir les yeux.

– Vous avez raison, l'humour est la meilleure des armes, dit l'employée d'un magasin à Sven.

L'opération est un grand succès. En une demi-journée, l'information se répand si vite que le soir, les animaux moches croisent des gens venus exprès pour acheter leurs jouets de contrebande, tandis que des journalistes filment les actions et interrogent les clients.

Les animaux moches existent et, désormais, il faudra compter avec eux.

La Sentinelle – n° 128
semaine du 4 au 10 avril 2050

DES PUR-SANG PAS SI PURS QUE ÇA

Sous ses airs d'école d'élite pour équidés de bonne famille, l'ECSP révèle des dessous bien plus sombres : réseau d'influence, fabrique à notoriété, manipulation, financements obscurs… Notre enquête exclusive. – **Par Camille Dao Dinh**

La liste des anciens élèves de l'ECSP a de quoi donner le vertige à toutes les écoles d'élite réservées aux humains. Parmi ses plus célèbres étudiants, on compte notamment le présentateur Martial le cheval, la directrice d'Équidés TV, Dolorès la pur-sang anglaise, l'acteur Siméon l'étalon, et bien sûr le ministre des Animaux, Alban le mustang. Tous font l'éloge sans réserve de leur école, tout en restant évasifs quant à la nature de l'enseignement dispensé entre ses murs. « Ce sont les meilleures années de ma vie, ne cesse de répéter Martial le cheval. J'y ai tout appris. » Impossible d'y glisser le bout du sabot sans apporter la preuve de son appartenance à la bonne société des équidés, et régler des frais de scolarité considérables.

Notre source, Manel (le prénom a été changé), est parvenue à s'infiltrer pendant plusieurs semaines de l'autre côté des murs très fermés de cette école pour y mener une enquête fracassante. Elle nous raconte son expérience : « L'examen d'entrée à l'ECSP n'a rien de sorcier. En revanche, j'ai dû passer de nombreux entretiens durant lesquels on m'a posé des questions très frontales quant à mon milieu d'origine, mon éducation, mes ressources financières et mes ambitions. J'ai très vite compris qu'avoir beaucoup d'ambition et peu de scrupules était le genre de profil qu'on valorisait ici. Il est également impossible de rentrer dans l'école sans être parrainé par un ou plusieurs membres du réseau. » En effet, en parcourant les fiches biographiques des anciens étudiants, nous avons pu constater que tous ceux qui ont fréquenté l'école sont liés par des relations intimes ou professionnelles : famille, partenaires de travail, clubs d'influenceurs…

« En première année, continue Manel, on dispense aux jeunes chevaux des cours plutôt généralistes. L'important est avant tout de les convaincre qu'ils appartiennent à une élite et possèdent donc un destin unique, ce qui leur donne la sensation d'être tout-puissants. Concrètement, les cours que suivent ces étudiants visent à deux choses : manipuler les humains pour entretenir l'aura des chevaux, et rabaisser les autres espèces animales pour se débarrasser des concurrents potentiels. Les matières enseignées dans cette école ne ressemblent à rien de connu… »

Repères : L'ECSP

Créée juste après la Révolution de 2018 pour offrir aux chevaux « une éducation à la hauteur de leurs capacités », cette illustre école forme avec succès depuis bientôt quarante ans les chevaux les plus célèbres et les plus influents de notre société, dans des domaines aussi variés que les médias, la politique, la culture, ou encore l'économie.

L'argent obscur de l'École des Chevaux de Sang Pur

Pour financer cette scolarité d'élite, l'ECSP exige des frais de scolarité exorbitants, la rendant inaccessible à la majorité des familles. Mais surtout, en épluchant les comptes de l'école sur plusieurs années, notre équipe a mis en évidence de nombreuses zones d'ombre. Une subvention reçue de la part du ministère des Animaux dépasse par exemple largement le montant habituellement alloué aux établissements d'enseignement supérieur. D'autres sources de financement semblent provenir de comptes illégaux, situés à l'étranger.

Les bestioles qui voulaient devenir des personnes

La première chose qui frappe lorsqu'on rencontre les leaders – ils refusent cette appellation, mais c'est pourtant un fait – de ce mouvement, ce n'est certainement pas leur mocheté. C'est la détermination éclatante, qu'ils dissimulent derrière leur modestie et leur timidité. À l'origine du mouvement des Bestioles Indignées qu'ils ont créé, il y a leur envie d'égalité et de reconnaissance : ne plus être jugés sur leur physique ou leur mauvaise réputation, et bénéficier des mêmes privilèges que les humains et les autres animaux. En quelques semaines, ce quatuor a lancé dans son coin une véritable révolte, désormais suivie par des millions d'animaux dans le pays. Elle pourrait bien changer le visage de notre société.

Sven, le hyène solidaire

S'il parle du combat avec passion, réflexion et expertise, il n'a de cesse de rappeler qu'il n'est pas seul à l'origine de cette révolte. « Sans mes amis Marie-Odile, Pascale et Issa, rien de tout ça ne serait arrivé. C'est une démarche collective. C'est grâce à leur intelligence et à leur talent que le mouvement a pris autant d'ampleur. Ce qui nous importe, c'est de briser les préjugés. »

Alfred, le meilleur allié humain

Il a rencontré les quatre compères alors qu'ils collaient leurs premières affiches. Entre eux, ça a été un véritable coup de foudre amical. Sans hésitation, les animaux ont proposé de partager leur toit avec Alfred alors qu'il vivait dans la rue depuis plusieurs mois. « Ce sont les êtres les plus généreux et les plus inventifs que je connaisse. Je suis persuadé qu'ils vont changer le monde. »

chapitre 21

Dix jours après leur rencontre avec Camille, *La Sentinelle* publie une grande enquête de huit pages. Tout s'accélère alors pour les animaux moches. Le monde médiatique s'emballe, les chaînes de télévision et les sites internet relaient en masse les révélations.

Une grande conférence de presse est organisée au ministère des Animaux. Le ministre, le directeur de l'ECSP et de nombreux anciens étudiants enchaînent les déclarations et les interviews pour tenter de démentir l'enquête. Assis dans le public, les quatre amis s'agacent de ces interventions unanimes.

Soudain, devant le parterre de journalistes, un jeune cheval à lunettes rondes se présente au micro. Son allure est plus modeste que tous ceux qui l'ont précédé. Difficile de savoir pourquoi, se dit Marie-Odile, mais il y a quelque chose dans son déhanchement ou dans son port de tête, dans son regard peut-être, qui le rend tout simplement… normal. Le cheval se gratte la gorge et lit un communiqué de presse :

« Le Syndicat des Équidés Solidaires, dont je suis le président, tient à faire savoir qu'il n'entretient aucun lien avec l'École des Chevaux de Sang Pur. Nous ne cautionnons en aucun cas la violence et la discrimination dont font usage ces individus. Nous soutenons sans réserve et sans condition le combat des Bestioles Indignées et nous nous tenons à leur entière disposition pour leur apporter le soutien dont ils ont besoin. »

Il quitte l'estrade acclamé par la moitié de la salle, hué par le reste des auditeurs. Les quatre amis, ravis, l'applaudissent de toutes leurs pattes et toute leur conviction.

En quelques jours, l'opinion publique du pays se sépare en deux camps : il y a d'un côté ceux qui soutiennent les chevaux (et ils sont de moins en moins nombreux) et, de l'autre, ceux qui défendent les animaux moches. Certaines personnalités publiques s'expriment soudain en faveur des Bestioles Indignées, comme si elles sentaient que le vent commençait à tourner.

Mais cette popularité nouvelle du mouvement entraîne aussi encore plus de violence à leur égard.

Ce matin, les amis trouvent un message de menace de mort collé sur leur porte d'entrée. Pascale, Marie-Odile et Léon commencent à s'effrayer de la tournure que prennent les événements. Durant l'assemble générale du jour, Marie-Odile partage ses craintes :

– Je trouve qu'on s'éloigne de notre objectif de départ. Il faudrait peut-être qu'on arrête de s'acharner sur les chevaux et qu'on se concentre sur nos revendications.

– L'un ne va pas sans l'autre, dit Sven avec assurance.

– Je suis d'accord avec Marie-Odile, dit Léon. Gruik gruik. On prétend être gentils mais on passe notre temps à dire du mal d'une autre espèce. Gruik.

– De toute façon, vous êtes toujours d'accord, tous les deux, grommelle Sven.

Léon et Marie-Odile échangent un regard complice plein de tendresse. Depuis qu'ils filent le parfait amour, Sven est un peu jaloux. Il a l'impression que son amie crocodile s'éloigne de lui.

Mais Pascale et Issa aussi sont d'accord avec eux.

– En plus, dit Issa, on sait bien qu'au fond la plupart des chevaux ne sont pas aussi hautains que ceux de l'ECSP…

– Il faut se concentrer sur les actions positives, ajoute Pascale.

Depuis deux semaines, la mygale et le boa tentent d'obtenir l'autorisation de se rendre dans des écoles et des collèges. Les animaux moches voudraient sensibiliser les enfants à la discrimination et aux inégalités dont ils sont victimes. C'est Pascale qui a eu cette belle idée. Mais la tâche se révèle plus complexe qu'ils ne l'avaient imaginé. Il faut demander des autorisations à tout un tas de services qui eux-mêmes doivent demander des autorisations.

La sonnerie du téléphone vient soudain interrompre les débats. Marie-Odile décroche.

– Je souhaiterais joindre monsieur Issa, s'il vous plaît, dit une voix affectée.

Marie-Odile passe le téléphone au boa.

– Bonjour, Issa. C'est Martial.

Issa a le souffle coupé. Il n'a pas parlé avec son ex-meilleur ami depuis plus de dix ans, et entendre cette voix le remplit à la fois de surprise et de colère. Il ne répond rien.

– Tu te figures bien que si je prends la peine de te joindre, c'est que l'heure est grave, mon ami, continue le cheval.

« Mon ami ? » fulmine intérieurement Issa. De quel droit l'appelle-t-il comme ça ? Le serpent est prêt à l'envoyer balader et à lui raccrocher au nez, mais quelque chose le retient, comme s'il espérait au fond que Martial cherche à retrouver son amitié – ou au moins à s'excuser. Mais bien sûr, ce n'est pas du tout ce que le cheval a en tête.

– Je te demande de cesser cela immédiatement, dit Martial d'un ton autoritaire.

– C'est quoi, « cela » ?

– Tu vois très bien ce que je veux dire. Cette ridicule croisade que toi et tes amis menez depuis quelque temps.

Ce que Martial ne sait pas, c'est qu'en quelques semaines, Issa a bien changé. Il s'est drôlement affûté et il a appris à riposter. Alors il met le haut-parleur pour permettre à ses amis de profiter de la conversation et demande, faussement naïf :

– Mais si on est ridicules, pourquoi prends-tu la peine de m'appeler ?

Martial est déstabilisé, mais il sait le dissimuler. Avec le ton snobinard qui est le sien, il dit :

– C'est pour ton bien. J'ai honte pour toi, Issa. Votre combat est grotesque, vos rêves ne sont pas réalistes. Vous voulez des choses qui ne vous ressemblent pas. Soyez honnêtes : vous ne sauriez pas quoi faire du pouvoir que vous réclamez. Laissez-nous nous occuper des choses importantes.

C'en est trop pour Issa. Il a beau être un animal à sang-froid, son sifflement trahit son exaspération :

– Et comment pourrais-tu sssssavoir mieux que nous ccccce qui nous resssssemble ou pas ? Tu ne ssssais rien du tout !

– Allons, je te connais depuis toujours, Issa.

– Non, tu ne me connais pas ! dit Issa. Tu ne m'as jamais connu, tu n'es qu'un égoïsssste. Tu ne t'es jamais intéresssssé à moi, je n'ai jamais été autre chossse que ton faire-valoir. Mais tu sssssais quoi ? Ccccc'est terminé !

Il raccroche en claquant le téléphone sur la table sans laisser Martial répliquer. Ses amis l'entourent silencieusement. Ils n'ont jamais vu Issa se mettre en colère ou dire du mal de qui que ce soit. Le temps que la surprise retombe, ils se mettent alors à applaudir Issa, et c'est comme si le crépitement d'un feu de cheminée venait réchauffer son sang de reptile tout le long de ses veines. Envoyer enfin brouter celui qui l'a trahi si froidement, ça lui fait un bien fou. C'est décidé : plus jamais il ne regrettera son amitié.

Sven serre les crocs. L'envie de vengeance lui picote encore les pattes, mais il vient de comprendre quelque chose :

– Vous avez raison les amis. Il faut qu'on mène ce combat avec honneur, il faut qu'on puisse être fiers de nous. Si on utilise les mêmes armes que Martial et ses complices de l'ECSP, alors on ne vaut pas mieux qu'eux.

C'est cet instant d'émotion que choisit l'ordinateur de la maison pour signaler l'arrivée d'un nouvel e-mail en tidoutant gaiement. Alfred y jette un œil.

C'est le sésame. Le ministère de l'Éducation donne son accord pour que les animaux moches se rendent dans les écoles et les collèges de tout le pays.

– En route pour conquérir le cœur des enfants, dit Sven en levant le poing.

– Fais gaffe, Christophe Colomb, dit Marie-Odile en rigolant, le succès te rend mégalo.

chapitre 22

Aujourd'hui, Sven, Pascale, Marie-Odile et Issa vont rencontrer une classe de CM2 dans une école située à la périphérie de la ville. De leur côté, Léon, Inès et Yvonne la scorpionne se rendent dans un collège voisin.

Même si, à force de voir les photos des Bestioles Indignées partout, les humains commencent à s'habituer à leurs poils hirsutes, leurs peaux luisantes et leurs dents pointues, les amis sont un peu anxieux. Ils ont peur de la réaction des enfants. Vont-ils les aimer ?

Marie-Odile et Léon, qui passent presque tout leur temps ensemble depuis trois semaines, ont un peu de mal à se séparer. Sur le pas de la porte, alors qu'ils se disent au revoir pour la vingt-sixième fois avec un « dernier bisou », Sven s'impatiente :

– Vous avez bientôt fini ? Je vous rappelle que vous ne serez séparés que quelques heures.

– Laisse-les tranquilles, dit Pascale. Ils sont amoureux. C'est chouette d'être amoureux !

– Tu parles, ils vont se ramollir s'ils continuent comme ça.

– Sven est jaloooouuux, sifflote Issa, tandis que Marie-Odile et Léon se font « encore un dernier dernier dernier bisou pour la route ».

Quand les tourtereaux parviennent enfin à se lâcher la truffe, Marie-Odile, Sven, Pascale et Issa montent dans le tram. Ça fait plusieurs semaines qu'ils ne se sont pas retrouvés juste tous les quatre. Ils sont un peu maladroits, ils ne savent plus très bien quoi faire de leur intimité émoussée. Sven et Marie-Odile papotent, ils parlent de tout et de rien, comme ils ne l'ont plus fait depuis longtemps. Le hyène est heureux de partager un peu de temps avec sa meilleure amie crocodile, ça lui manquait. Et puis, il la trouve rayonnante.

« Issa a raison, se dit-il, c'est super de la voir heureuse. Il faut que je cesse d'être jaloux. »

Partout en France, d'autres duos, trios, ou quatuors d'animaux moches se dirigent vers les établissements scolaires pour y rencontrer des enfants. C'est une journée historique.

Du moins ils l'espèrent.

L'école primaire pour humains Olympe-de-Gouges est un petit cube rouge à fenêtres blanches situé au milieu d'une forêt de tours grises et de supermarchés en béton. On croirait un champignon vénéneux. La directrice de l'école les accueille chaleureusement et les mène à la salle de classe où ils sont attendus. Dès qu'ils en passent la porte, des murmures bruissent. De (pas si) discrets « eurk », « pouah », « berk » et « beuuuh » fusent des quatre coins de la classe.

– Un peu de politesse, gronde Sven sur un ton de vieil instituteur sévère, qu'on croirait prêt à taper sur les doigts des élèves avec une règle en bois.

Les enfants se taisent immédiatement. Plus personne ne bronche. Même la maîtresse semble un peu intimidée. On entend un moustique bzzbzzer dans le fond de la classe (il semble d'ailleurs très intéressé par ce qui s'y passe). Au premier rang, une petite fille à grosses lunettes orange les regarde d'un air amusé. C'est la seule qui semble ne pas avoir peur. Pascale, Issa et Marie-Odile s'efforcent de sourire pour avoir l'air gentils. Mais leurs sourires sont si crispés et étranges (Marie-Odile montre ses énormes dents pointues, Issa a les deux bouts de la langue qui dépassent et Pascale a l'air de ricaner) qu'ils provoquent un mouvement de recul de la part des élèves.

– Ne vous inquiétez pas les enfants, dit la maîtresse. Ils ne vont pas vous manger.

Mais son regard montre qu'elle n'est pas franchement sûre de ce qu'elle avance.

– Absolument pas, dit Marie-Odile, très pédagogue. Nous ne mangeons pas d'enfants, nous ne mangeons personne d'ailleurs. En fait, nous sommes justement ici pour vous parler de ça. On sait bien que nous ne sommes pas très beaux, mais on voudrait vous montrer que l'apparence ne fait pas tout.

– Nous voulons être vozzzzzzamis, ajoute Issa, que le trac fait zozoter.

Les enfants les regardent avec un mélange de dégoût et de défi.

« Au moins il se passe quelque chose », se dit Marie-Odile.

– Si vous êtes nos amis, demande soudain un élève à l'attention de Sven, alors je peux monter sur ton dos ?

Sven grimace.

– Je ne préfère pas, j'ai les lombaires fragiles.

Le garçon fait la moue. Une fille qui a les cheveux noués en tresses demande à Issa :

– Je peux faire un nœud avec toi ?

Issa a un mouvement de recul.

– Bien sûr que non ! s'exclame-t-il.

– Pourquoi ?

– Tu aimerais, toi, que je fasse des nœuds avec tes bras ? lui demande-t-il.

– Ben non, mais c'est pas pareil.

– Et pourquoi est-ce que c'est différent ? demande Marie-Odile.

– Parce que vous êtes des animaux, explique la fille à tresses. Et les animaux c'est fait pour jouer, pour grimper dessus, pour leur tirer la queue. Sinon ça ne sert à rien. Si vous voulez qu'on soit vos copains, il faut faire un effort.

– On n'est pas là pour servir à quelque chose, s'indigne Sven. On est des êtres vivants nous aussi.

– On veut des câlins, des grattouilles sur la tête, des bisous esquimaux et des friandises, explique Issa.

– Enfin on veut surtout être considérés comme les égaux des autres animaux et des humains, s'empresse de rectifier Marie-Odile.

– J'ai pas envie de vous faire des câlins, dit le premier petit garçon, le nez retroussé par le dégoût.

– De toute façon, moi, j'aime que les poneys, pérore une petite fille au fond de la classe.

Des tas d'autres enfants s'exclament alors :

– Moi aussi !

– Moi, j'adore les licornes !

– Les chevaux sont trop beaux !

– Quand je serai grand, j'aurai des poneys !

– Et moi, quand je serai grande, je serai un chevaux !

– Un cheval, rectifie la petite fille à lunettes du premier rang.

Les quatre amis se liquéfient lentement, comme des bonshommes de neige au retour du printemps.

Quand la petite fille à tresses ajoute : « Et puis *eux*, au moins, ils sont gentils, ils nous laissent monter sur leur dos ou leur faire des coiffures, *eux* », Sven éclate :

– C'est n'importe quoi ! Les chevaux sont les êtres les plus méchants de l'espace intergalactique !

Sa voix stridente pétrifie les enfants. Ils n'osent plus rien dire. Pour tenter de les rassurer, Pascale dit :

– C'est un peu exagéré, Sven. Il y a quelques chevaux méchants, c'est vrai, mais la plupart d'entre eux sont gentils. Pense aux Équidés Solidaires…

Issa prend soudain la parole :

– Vous savez, j'étais comme vous quand j'avais votre âge. J'admirais les chevaux. Mon meilleur ami était même un cheval.

– Oh, la chance ! s'exclame un garçon.

Issa capte l'attention des enfants. Même Sven écoute. Mais soudain, une ombre se dépose sur le visage du serpent et il ajoute :

– Un jour, il m'a trahi et j'ai compris que les chevaux sssssont des zzzzêtres MALÉFIQUES.

Pascale et Marie-Odile paniquent. Issa et Sven font tout le contraire de ce dont ils avaient parlé ! Et comme prévu, plus ils attaquent les chevaux, plus les enfants les détestent.

À ce moment, la petite fille à lunettes du premier rang lève la main en silence. La maîtresse l'interroge :

– Oui, Naïla ?

Dans le silence d'outre-tombe qui s'est abattu sur la classe, Naïla se tourne vers les animaux moches et dit avec une petite voix aérienne et une simplicité désarmante :

– Moi, je veux bien être votre amie, même si vous ne servez à rien.

chapitre 23

Tous les regards se posent sur Naïla. Le son flûté de sa voix désamorce la grenade qui semblait sur le point d'exploser dans la classe. « On va pouvoir recommencer à zéro », se dit Marie-Odile.

Personne ne parle, tout le monde attend que Naïla s'explique, alors elle s'explique :

– Quand on a appris que vous veniez dans notre classe, la maîtresse nous a demandé de dresser le portrait d'un animal moche. Alors moi, j'ai choisi le cheval.

Un soupir d'indignation s'élève au-dessus de la classe. Sven ricane discrètement.

– Tu veux venir nous lire ton texte ? propose la maîtresse.

Naïla prend sa feuille et s'avance vers le tableau. Elle fait attention à ne pas marcher sur la mygale et se place entre Marie-Odile la crocodile et Issa le boa. Elle s'amuse de cette situation pour le moins inédite.

– Il y a deux choses au monde que je déteste, commence-t-elle, les tomates et les chevaux. Et croyez-le ou non, il est plus facile d'éviter les tomates que les chevaux.

Les quatre amis sourient, mais face à eux, les visages grimacent.

– On peut toujours s'arranger pour échapper aux tomates : se servir soi-même de la salade composée en évitant les quartiers rouges ou faire tomber les rondelles au fond de l'emballage du sandwich. À la cantine, on peut même glisser ses tomates dans sa serviette et les jeter ensuite à la poubelle.

L'atmosphère se détend, tout le monde rigole.

Naïla ajoute :

– Quand je dis que je n'aime pas les tomates, on me demande toujours : « Même les petites tomates cerises, si juteuses et si parfumées ? » Ben non, si je n'aime pas le goût des tomates, j'aime encore moins les tomates qui ont *beaucoup* le goût de tomates. Avec les chevaux, c'est un peu pareil. On me demande : « Tu n'aimes même pas les petits poneys, si doux et si mignons ? » Et j'ai envie de répondre : « Encore moins. »

Issa et Sven éclatent de rire, mais les enfants de la classe sont mal à l'aise, ne sachant pas vraiment si les animaux les menacent ou rient de bon cœur.

– Je crois que j'ai compris pourquoi tout le monde aime les chevaux : ils ont hypnotisé les humains pour qu'ils s'occupent d'eux, pour qu'ils les coiffent, les brossent et leur nettoient les sabots, parce qu'ils ont la flemme de le faire eux-mêmes. Ils sont un peu comme des stars de cinéma.

Des enfants de la classe commentent : ils trouvent la théorie de Naïla très drôle, bien que pas vraiment plausible. Mais la petite fille à tresses n'est pas d'accord.

– C'est n'importe quoi ! Les chevaux nous aiment pour de vrai. Tu es trop bête.

– Marjorie, on ne s'insulte pas, dit la maîtresse en fronçant les sourcils.

Marie-Odile profite de ce que l'air de la classe redevient un peu plus respirable pour changer de sujet. Elle demande à Naïla :

– Quel est ton animal préféré ?

La petite fille réfléchit et dit :

– J'adore les poulpes !

– Beeeerk ! s'exclament les autres enfants.

– C'est trop moche ! dit Marjorie.

– C'est gluant !

– C'est plein de ventouses !

Elle leur lance :

– Si je n'ai pas le droit de dire du mal des chevaux, vous ne pouvez pas dire du mal des poulpes.

La maîtresse ramène la classe au silence, et Sven demande à Naïla ce qu'elle aime chez les poulpes.

– J'ai lu dans mon magazine de sciences qu'ils sont très intelligents. Et puis ils sont libres. On ne grimpe pas sur leur dos, on ne les coiffe pas, on ne les inscrit pas à des concours idiots. Ils ne sont les jouets de personne. Personne ne leur dit ce qu'ils doivent faire ou comment ils doivent s'habiller. Comme ils sont moches et qu'ils font peur, on leur fiche la paix.

Elle ajoute tout bas, comme pour elle-même :

– Et puis ils sont bizarres. Je me sens un peu comme eux. Alors moi quand je serai grande, je ferai poulpe.

Toute la classe éclate de rire. Mais Naïla est très sérieuse, et les quatre amis le savent bien. Ils comprennent exactement ce qu'elle veut dire. Eux aussi aimeraient faire poulpe et n'en avoir rien à secouer du regard des autres.

Naïla se retourne vers la classe et ajoute :

– En fait, je ne déteste pas les chevaux. Je ne les trouve même pas *vraiment* moches. C'est juste que tout le monde les a-dore, alors ça m'énerve. Il y a d'autres animaux chouettes et je trouve que c'est injuste pour eux.

– C'est vrai, concède Marjorie. Il y a aussi les chiens. Les chiens, c'est trop bien.

Consterné, Sven roule des yeux et se prend la tête dans les pattes. Plus optimiste, Pascale se dit : « Bon, ce n'est pas encore gagné, les chiens sont presque aussi populaires que les chevaux. Mais c'est un progrès. » Un garçon au fond de la classe demande la parole. Il s'appelle Antonio.

– Les hyènes, je connais pas trop. Mais les araignées, les serpents et les crocodiles, je trouve que c'est trop classe.

Marie-Odile, Pascale et Issa écoutent attentivement le garçon. Sven est un peu vexé, mais il tend tout de même l'oreille.

– Peux-tu nous expliquer pourquoi tu les trouves « trop classes » ? demande la maîtresse.

– Ils sont sauvages, j'adore ! J'ai vu des vidéos de crocodiles qui déchirent des gazelles en deux, des serpents qui étouffent leurs proies, c'est trop cool.

Marie-Odile, Pascale et Issa écarquillent les yeux.

– Mais noooon, se désole Issa. Les animaux ne font plus ça depuis longtemps. On veut être aimés parce qu'on est sympas, pas parce qu'on fait peur.

Antonio hausse les épaules.

Issa demande alors à toute la classe :

– Quels sont les animaux bizarres ou moches que vous aimez ?

Personne ne semble avoir d'idée, les enfants ont les yeux dans le vague, comme si un fantôme était en train de siroter leur énergie vitale directement dans leurs cerveaux et de s'en faire un petit cocktail.

– Moi, j'aime beaucoup les singes, et il y en a de très bizarres, dit soudain une fille.

– C'est vrai, dit Marie-Odile.

– Les tortues ! s'exclame alors un autre enfant.

En écartant le plus possible les bras, il ajoute :

– Ma grand-mère, elle a une tortue géante comme ça.

– Moi, j'adore le blob, s'écrie un garçon.

– Le blob ? demande la maîtresse, intriguée.

– Oui, je crois que ça s'appelle comme ça. Il est tout gluant, comme un bonbon gélatineux.

– Ah oui, c'est le blobfish, dit Naïla. J'ai vu une vidéo sur internet, il a été élu « animal le plus moche du monde ».

À l'évocation de tous ces copains, les quatre amis se sentent soudain en compagnie familière.

– Je voulais vous demander quelque chose, dit Antonio. Est-ce que vous faites des trucs d'humains ? Vous écoutez de la musique ? Vous jouez à la console ? Vous lisez des mangas ?

Les amis se regardent, embêtés. Avec leurs quinze ou vingt ans de plus que les écoliers, ils imaginent que leurs références culturelles sont un peu dépassées. Issa finit par dire, timidement :

– Moi, j'aime bien danser.

– Tu danses quoi ? demande Antonio.

– Je ne sais pas, je danse surtout sur les musiques qu'il y a dans ma tête.

– Tu fais du hip-hop ?

– Peut-être, je ne sais pas. Tu me montres comment ça se danse ?

Les enfants et les animaux poussent les tables et les chaises sur le côté et s'installent en rond dans la salle de classe pour une *battle*. Alors que personne n'ose approcher les animaux moches, Naïla vient se mettre à côté de Pascale et lui sourit. La maîtresse lance un clip de hip-hop sur l'ordinateur de la classe.

Antonio s'avance au centre du cercle et commence une petite démonstration. Six steps, vrille, rotation, drop, coupole… il enchaîne les mouvements de break dance avec une rapidité et une précision impressionnantes.

Issa le regarde, fasciné. Cette musique, cette danse, ça lui parle. Quand Antonio se relève et se recule, il invite le boa à prendre sa place. Issa s'avance et essaie d'imiter les mouvements du garçon. Il ondule son corps sur toute sa longueur et forme une immense vague de deux mètres de long. Un « oooooh » collectif émane de la classe. Profitant de sa souplesse naturelle, Issa se met à inventer des figures en se contorsionnant : il réalise un nœud en huit coulé puis fait mine de s'écraser par terre avant de se relever d'un rebond tonique, comme s'il avait à peine frôlé le sol. Face à lui, Antonio est épaté. Il applaudit, et toute la classe avec lui. Issa danse le hip-hop comme s'il faisait ça depuis toujours.

– Tu es hyper cool ! dit le garçon. Tu sais quoi, à partir d'aujourd'hui, mon animal préféré, ce sera le serpent. Enfin, ce sera toi.

Issa rosit, gai comme un pinson. Ses trois amis sont contents pour lui, c'est la première fois que l'un d'entre eux est au centre de l'attention de tout un groupe d'humains. Mais, dans un coin de leurs têtes, une petite voix angoissée tourne en boucle.

Sven le hyène se demande : « Est-ce que les enfants ont une raison de me trouver "cool" ? »

Marie-Odile la crocodile s'interroge : « Quel est mon truc à moi ? Est-ce que j'en ai un ? »

Pascale la mygale se désole : « Je ne suis pas "cool", moi. Je ne sais rien faire d'autre qu'avoir peur. »

chapitre 24

Contrairement à ce qu'ils pensaient, les quatre amis n'ont pas eu beaucoup de difficulté à trouver leur « truc » à eux. Ils ont compris qu'il ne s'agissait pas forcément de savoir jongler avec des couteaux, jouer du ukulélé avec les crocs ou faire des triples saltos arrière, mais simplement être eux-mêmes : partager leurs centres d'intérêt, apprendre ce qu'ils savent aux enfants et être à leurs côtés avec leur personnalité et leur générosité. Ce qu'il leur manquait, c'était la confiance en eux.

Tout en continuant leurs visites dans des établissements scolaires pendant plusieurs semaines, ils décident de se renseigner sur les enfants pour mieux les connaître, savoir ce qu'ils aiment et à quoi ils passent leurs journées. Marie-Odile et Léon font des observations dans la rue, ils fréquentent les squares et les centres commerciaux, Pascale et Issa lisent des magazines pour enfants et adolescents, ils écoutent la même musique, vont au cinéma, font du sport, regardent des émissions de télévision et se mettent même aux jeux vidéo.

Face aux écoliers et aux collégiens, ils ne sont plus agressifs, ils n'attaquent plus les chevaux. Ils sont là pour montrer tout ce qu'ils pourraient partager avec les enfants. Leur nouveau mot d'ordre est : *Soyons po-si-tifs*.

Et ça fonctionne.

D'une école à l'autre, la nouvelle réputation des animaux moches se transmet par le bouche-à-oreille plus vite qu'un fou rire. Dans chaque établissement, ils sont attendus avec impatience. Et, comme de toutes petites célébrités, ils sont applaudis, on leur offre des dessins avec des cœurs, on les câline, on fait des selfies avec eux, on les remercie d'être venus. Surtout, désormais les enfants ne chuchotent plus sur leur passage pour se moquer d'eux, mais parce qu'ils sont admiratifs.

Partout où ils se rendent, les regards qui se posent sur eux changent. Les autres animaux leur sourient, les enfants jouent avec eux, les humains les acceptent à leurs côtés. Quelque chose est en train de bouger dans la société. C'est comme si le cocon du vieux monde s'apprêtait à éclore pour libérer le papillon d'une nouvelle ère.

Ce dimanche après-midi, quand la sonnette retentit, Marie-Odile et Sven sont en train de parler politique, Pascale et Alfred jouent à la console de jeux vidéo et Issa et Léon préparent un gâteau au chocolat. Pascale met la partie en pause et va ouvrir la porte.

Un jeune cheval un peu trapu se tient devant elle. Son visage lui est familier, mais elle ne sait pas trop pourquoi. Le cheval baisse la tête vers la mygale en prenant bien soin de ne pas avoir l'air hautain.

– Bonjour, madame. Je m'appelle Bilal le cheval. Je suis le président du Syndicat des Équidés Solidaires. Je m'excuse de vous déranger un dimanche, mais j'ai quelque chose à vous annoncer.

– Ah, mais c'est vous ! dit Marie-Odile en s'approchant de la porte. Je me souviens, c'est vous qui avez critiqué l'ECSP. Merci !

– C'est nous, en effet, dit le cheval en faisant un signe de modestie du sabot.

Les amis l'invitent à entrer, intrigués par cette visite inattendue.

Le président du SES pose une demi-fesse sur un fauteuil, comme s'il avait peur de déranger. Tout le monde est tourné vers lui.

– Je suis venu vous annoncer que nous préparons une nouvelle loi. Elle sera votée la semaine prochaine. Mais, avant de la faire adopter, nous aimerions avoir votre avis.

– Notre avis à nous cinq ? demande Pascale, surprise.

– Oui, dit le cheval. C'est vous qui en êtes à l'origine. Il me semble normal que vous puissiez contribuer à ces textes si vous le souhaitez. Je ne dis pas que nous pourrons accepter toutes vos revendications, mais ça me semble être la moindre des choses.

– Et elle dit quoi, cette loi ? demande Sven, méfiant.

– Pour résumer, elle dit que tous les animaux, peu importe leurs origines, leur physique ou leur réputation, ont le droit de fréquenter les mêmes lieux, d'aller dans les mêmes écoles, d'exercer les mêmes professions que n'importe quel être humain ou non humain.

Marie-Odile, Pascale, Issa, Alfred, Léon et Sven se regardent, bouche bée, yeux écarquillés. Ils ont du mal à réaliser ce qu'ils ont entendu. Ils n'en croient pas leurs oreilles. Le cheval continue :

– Pour aider le changement à se faire, nous allons mettre en place des quotas qui garantissent des places aux animaux moches dans les formations professionnelles, ainsi qu'à tous les échelons de tous les métiers. Par ailleurs, tout acte de discrimination à l'égard d'un animal sera bien sûr puni par la loi. Je ne vous garantis pas que plus jamais vous ne souffrirez de moqueries ou de préjugés, ça prendra sans doute encore des dizaines d'années, mais je vous promets qu'on fera tout ce qui est en notre pouvoir.

Les amis ont encore besoin de quelques secondes pour réagir. Soudain, d'un seul mouvement, ils bondissent en l'air autour du cheval et s'écrient :

– Youuuuhouuuuuu ! On a réussiiiiii !

– Merci, monsieur, lui dit Pascale. Mille fois merci.

– Oh je n'y suis pas pour grand-chose, dit le cheval tout ému. C'est vous qui avez fait tout le travail. C'est moi qui vous remercie pour ce dont vous nous avez fait prendre conscience.

Tout en partageant un verre de jus de pomme et une part de brownie avec les amis, le président du Syndicat des Équidés Solidaires leur montre le projet de loi. Il prend en notes quelques suggestions de Marie-Odile, en particulier pour s'assurer que les poissons et mollusques, qui vivent dans l'eau et sont majoritairement plutôt discrets, bénéficieront des mêmes conditions.

Juste avant de les quitter, le cheval ajoute :

– Au fait, je voulais aussi vous prévenir que le ministre des Animaux donnera sa démission demain, et que l'École des Chevaux de Sang Pur va fermer ses portes. L'enquête de votre amie journaliste a révélé de trop nombreux scandales. Et puis, de toute façon, une école aussi sélective, ce n'est plus compatible avec nos nouveaux règlements. Le ministère des Animaux s'installera bientôt dans les anciens locaux de l'école.

Les amis n'en reviennent pas. En quelques heures, il leur semble que le toit du monde s'est ouvert sur l'infini. Tout paraît possible désormais.

– C'est terminé, alors ? dit Pascale, après avoir refermé la porte derrière le cheval. Les manifestations, les slogans, les actions éducatives...

– Je crois bien, dit Sven. Ça ne sert plus à grand-chose de continuer.

– Dommage, ça me plaisait bien.

La mélancolie les saisit. Sven s'affale sur le canapé pour ne pas faire un malaise. Marie-Odile attrape sa tête entre ses pattes et Léon vient se blottir contre elle.

– On va faire quoi, maintenant ? demande Issa. On retourne faire notre travail ? C'est tout ?

– Je suppose, dit Marie-Odile.

Les animaux sont heureux de cette victoire, mais c'est comme si le château fort qu'ils avaient construit pierre par pierre venait de s'effondrer, et qu'on leur disait : « Laissez tomber, on vous offre une villa. Puisqu'il n'y a plus de guerre, il n'y a plus besoin de forteresse. » Ils se sentent démunis. Ils avaient trouvé un but à leurs journées, quelque chose qui leur tenait à cœur. Ils s'étaient trouvé une place dans le monde.

– Non, mais vous l'avez écouté, les copains ? s'exclame soudain Alfred, les poings sur les hanches. Vous avez entendu ce qu'il a dit ? Vous n'allez pas retourner ouvrir des enveloppes ou frire des frites demain matin. Vous allez faire exactement ce qu'il a dit : vous allez faire CE QUE VOUS VOULEZ.

Le visage de Marie-Odile s'éclaire.

– C'est vrai ça, t'as raison Alfred.

– On peut faire ce qu'on veut ! s'exclame Pascale. Génial !

– Mais on veut faire quoi ? demande Issa.

Il ne leur faudra que quelques jours pour que le vertige se dissipe et que chacun trouve ce dont il rêve. Issa compte créer une nouvelle discipline artistique à la croisée de la danse et de la gastronomie, en fondant un restaurant où l'on viendrait déguster de la cuisine chorégraphique. Sven veut reprendre des études pour devenir historien et Marie-Odile va se lancer en politique (Bilal lui a proposé un poste au ministère des Animaux). Pascale, quant à elle, s'est rendu compte que ce qu'elle aimait le plus au monde (plus encore que tisser des toiles), c'était parler avec des enfants. Alors c'est décidé, elle deviendra psychologue pour enfants.

chapitre 25

Dans le salon, Marie-Odile et Léon se tiennent debout face à leurs amis, patte dans la patte, un sourire comme une lune plaquée sur le visage.

– Alors, c'est quoi cette grande nouvelle que vous vouliez nous annoncer ? demande Alfred, impatient.

– Eh bien, dit Marie-Odile, hésitante, Léon et moi, on a décidé d'emménager ensemble.

– Ooooooh, font les amis en chœur.

– C'est un ooooooh de tristesse ou de joie ? s'inquiète Marie-Odile.

– Les deux, dit Issa.

– On est tristes que tu partes, mais on est aussi contents pour vous, ajoute Pascale en sautillant sur leurs têtes.

– Félicitations, les amis ! s'exclame Alfred en les serrant tous les deux dans ses bras.

– On va faire une fête pour ton départ ! s'exclame Issa. On va manger et danser !

Comme Sven ne dit rien, Pascale lui demande tout bas :

– Tu vas encore faire une crise de jalousie ?

Le hyène roule des yeux avec un air malicieux et répond :

– Je ne vois pas du tout ce que tu veux dire. Ce n'est pas mon genre.

Il s'avance vers Marie-Odile, ému, et la serre entre ses pattes.

– Tu vas me manquer, mon amie. Nos longues discussions vont me manquer.

– Ton excès et ta mauvaise foi me manqueront aussi, dit Marie-Odile, taquine. Mais tu sais, je ne serai pas bien loin. En fait, on va louer la petite maison orange au bout de la rue. Elle vient juste de se libérer.

Tout le monde éclate de rire (et de soulagement). Leur amie ne va pas disparaître.

Sven tapote l'épaule de Léon et lui dit :

– Prends soin d'elle. C'est une émeraude, cette croco !

– Gruik gruik, j'y compte bien, dit Léon qui ne s'arrête plus de grouiner de bonheur.

*

Deux semaines plus tard, les affaires de Marie-Odile et de Léon sont fraîchement installées dans leur nouveau cocon et les premiers convives arrivent pour la fête de départ de la crocodile. Tous leurs nouveaux amis sont présents. Alfred, Inès l'ânesse, Yvonne la scorpionne, Germain le lapin et sa famille, Naïla la petite humaine et son camarade de classe Antonio, Camille, ses enfants, l'équipe de journalistes de *La Sentinelle*, et plein d'autres encore. Toute la maison est remplie. Il y a même des chevaux puisque Bilal, le directeur du Syndicat des Équidés Solidaires, est venu avec sa compagne et deux collègues. Les chevaux et les juments ne sont pas franchement à leur aise parmi tous ces animaux bizarres, mais ils jouent le jeu. Ils essaient tant bien que mal de s'intégrer.

Marie-Odile leur offre un verre et leur présente Camille, puis elle s'éclipse et les laisse discuter. Dans la cuisine, elle retrouve Inès qui met des boissons au frais et Issa qui prépare une nouvelle fournée de toasts au houmous. Elle attrape un couteau et s'installe à côté du serpent pour l'aider.

– Au fait, vous allez faire quoi de ma chambre ? demande Marie-Odile à Issa.

– On ne t'a pas dit ? On a trouvé une nouvelle colocataire.

– Oh super, je la connais ? Vous aviez mis une petite annonce ?

– C'est moi ! dit timidement Inès en se retournant. J'espère que ça ne t'embête pas.

– Tu plaisantes ? C'est super !

– C'est Pascale qui y a pensé, explique Issa. Elle ne voulait pas être la seule fille avec trois garçons.

Un peu plus tard dans la soirée, les quatre amis sont installés sur la terrasse. À la lueur des guirlandes lumineuses, tandis que les invités dansent dans la maison, ils se remémorent leur première rencontre et les longues années d'école passées à jouer dans le terrain vague, à barboter dans la rivière et à construire des cabanes en bois et en toiles d'araignée. La soirée est belle et légère, tout le monde semble s'amuser, mais les quatre amis ne peuvent empêcher la mélancolie de les envahir. Ils se sentent tristes. C'est la fin d'une époque. La fin de l'enfance, d'une certaine manière.

Ce n'est pas rien.

– Soyez francs, les amis, demande Marie-Odile. Vous êtes sûrs que je ne fais pas une bêtise en m'installant avec Léon ? Vous me le diriez si c'était le cas ?

– Bien sûr, s'exclame Sven.

– Tu as pris la meilleure décision, dit Issa.

– Et honnêtement, dit Pascale, je vous adore les copains, mais j'espère qu'on finira tous par partir d'ici. Parce que ça voudra dire que nous aussi on aura trouvé nos amoureux ou nos amoureuses.

– Oh, ma Pascale, lui dit Issa en la soulevant avec sa tête, je n'ai aucun doute à ce sujet. Tu le trouveras ton amoureux.

Pascale s'aplatit sur le crâne d'Issa pour lui faire un câlin.

Antonio passe la tête par la porte-fenêtre et dit :

– Hé Issa, tu viens danser ? Parce que tes copains, ils ne mettent que de la musique de vieux. C'est désespérant.

– J'arrive ! lui crie Issa.

Il lève les yeux et demande à Pascale, toujours perchée sur sa tête, si elle l'accompagne.

– Oui, moi aussi j'ai envie de danser.

Marie-Odile et Sven les suivent. Ça suffit, la mélancolie, ils ont envie de s'amuser.

Dans le salon, la crocodile aperçoit Léon qui discute avec d'autres animaux. Il suffit qu'elle l'entende grouiner pour que tous ses doutes s'évaporent instantanément.

En faisant un clin d'œil à Antonio, Issa met un morceau de rock et tout le monde se dandine. Marie-Odile danse avec Léon, Pascale sautille sur la tête d'Issa tandis que celui-ci se contorsionne dans tous les sens, et Alfred, Naïla, Sven et Inès dansent croupe contre croupe en faisant n'importe quoi. En retrait, Antonio les regarde, amusé. « Ils ne sont pas si moches, tout compte fait », se dit le garçon. Et il a raison, les animaux eux-mêmes ont cessé de se trouver moches. Même Pascale commence à apprécier son arachnidité.

Sans s'arrêter de danser, Issa approche son visage du garçon et dit :

– Tu vois qu'on peut aussi s'éclater sur de la musique de vieux ! Allez, viens !

Antonio se décide à les rejoindre. Il bouge d'abord timidement, puis il se met à sauter dans tous les sens et à se trémousser n'importe comment, avec encore plus d'entrain que les autres. Et il adore ça.

La soirée se prolonge jusque très tard. Les invités n'ont pas envie de se quitter. Parce que, ce soir, ce n'est pas seulement l'emménagement des amoureux que l'on fête, c'est aussi la grande et importante bataille qu'ils ont menée tous ensemble et qu'ils ont remportée.

Au milieu de la nuit, bien après que tout le monde ait quitté la fête, Marie-Odile et Léon embrassent longuement leurs amis, comme s'ils partaient vivre à l'autre bout du monde. Marie-Odile ne peut retenir une petite larme en s'éloignant de la maison où elle a vécu tant de choses.

Bien sûr, elle et Léon ont prévu de revenir prendre le café le lendemain, mais tout de même, quel changement !

Après avoir regardé les amoureux s'effacer dans le noir, Pascale, Alfred, Sven, Inès et Issa s'installent sur le canapé avec une tisane.

– Dites, les amis, dit soudain Alfred. Je voulais vous demander : je peux rester vivre avec vous ?

Les animaux le regardent, incrédules :

– Mais tu vis déjà avec nous, Alfred !

– Je veux dire : officiellement. Je peux m'installer avec vous officiellement ? Je paierai mon loyer et ma part des charges, bien sûr.

– Tu vas surtout en profiter pour changer de travail, dit Pascale sur un ton autoritaire. Faire quelque chose qui t'intéresse. Maintenant, c'est ton tour.

– Je ne sais pas ce qui m'intéresse, dit Alfred. Je n'ai pas été beaucoup à l'école, j'ai toujours eu des boulots nuls. Je ne sais même pas ce que je sais faire.

– Eh bien, désormais, tu as le temps de trouver, ajoute-t-elle en sautant sur son épaule. Et interdiction de protester.

Alfred lève les bras en guise d'abdication.

Il n'est peut-être pas concerné par les nouvelles lois, mais sa vie à lui aussi a bien changé ces dernières semaines. Et ça, c'est grâce aux animaux moches.

chapitre 26
Deux mois plus tard

Naïla entre dans la maison des animaux sans frapper. Elle a l'habitude. Elle passe les voir presque tous les jours depuis le début des grandes vacances. Elle s'y sent comme chez elle. Elle laisse tomber son gros sac à dos sur le canapé et chantonne de sa voix enjouée :

– Je suis làààà ! Pascaaaaale, Issaaaaaaaa !

La mygale et le boa ont préparé une surprise pour Naïla. Ils l'emmènent en vacances avec eux.

Les deux animaux sortent de la cuisine. Pascale porte un minuscule chapeau de paille et Issa, une paire de lunettes de soleil à monture bleue (qu'il est obligé de faire tenir avec un élastique puisqu'il n'a pas d'oreilles).

– La classe ! s'exclame Naïla. On dirait que vous arrivez tout droit des années cinquante. Alors, c'est quoi cette surprise ? Où est-ce qu'on va ? En expédition dans le désert ? En voyage dans le temps ? Sur la Lune ?

– C'est une surprise, justement. Allez, monte dans la voiture, on file.

Ils déposent leurs sacs dans le coffre. Issa s'installe au volant, Pascale sur le siège passager et Naïla à l'arrière. Ils roulent pendant plusieurs heures, chantant à tue-tête des tubes ringards et des chansons d'amour mièvres, jouant à en deviner à l'avance les rimes réchauffées.

« Si tu t'en vas mon amour
Je serai triste pour… »

– Toujours ! s'exclame Issa.

– Trop facile, dit Pascale.

« … toujours »

« À la fenêtre j'attends ton retour,
Ta silhouette aux reflets de velours »

– Ça va trop vite, je n'arrive plus à suivre, dit Issa.

« Quand je ne suis pas dans… »

– La mouise ?
– Mon assiette ?
– La lune ?
« … tes bras »
Les trois amis éclatent de rire.
– Raté !
« C'est comme si… »
– Tu n'étais pas là, dit Issa.
– Je n'existais pas, propose Naïla.
« … je n'existais pas »
– Bien joué ! s'exclame Pascale.
Des publicités succèdent à la chanson et Pascale coupe l'autoradio.

Après avoir quitté l'autoroute, ils serpentent un long moment à travers des collines. Naïla ouvre la fenêtre de la voiture et tend sa main dans le vent. Elle regarde le paysage passer et la lumière changer au fil des heures. Lorsqu'ils arrivent en haut d'une falaise, l'horizon s'ouvre comme un cratère sur une grande étendue bleue lumineuse.

– C'est ça, la mer ? demande-t-elle.

C'est la première fois que Naïla se rend sur la côte. Pascale et Issa se sont promis de l'y emmener le jour où ils ont appris qu'elle n'avait jamais vu la mer.

– Oui, c'est l'océan Atlantique.

– C'est grand.

Alors qu'ils entament la descente des lacets qui les mènent à la plage, Naïla regarde en silence l'océan rougi par le soleil couchant.

– C'est la meilleure surprise du monde, dit-elle. Merci, les amis.

Elle tire sur sa ceinture, s'avance un peu et fait un câlin du bout des doigts à Pascale et à Issa.

– Ce n'est pas ça, la surprise. Enfin, pas seulement.

– Ah bon ? Alors c'est quoi ?

Sans répondre, le boa gare la voiture en bordure de la plage. Naïla, Pascale et Issa prennent leurs sacs et marchent quelques minutes jusqu'à une maisonnette dérobée au milieu des dunes.

Issa récupère la clé dans une boîte à code et ouvre la porte. La cabane est modeste, mais douillette. Une petite terrasse donne sur l'océan. Pascale montre à Naïla sa chambre. Sur le lit se trouve un drôle de costume noir et élastique.

– C'est quoi ? demande Naïla. Un costume d'orque ?

– Presque, répond Pascale. Un équipement de plongée.

– Demain, on t'emmène rencontrer des poulpes, ajoute Issa.

Sur le visage de Naïla, un sourire lumineux se dessine.

Le sourire le plus lumineux de l'univers.

Et ça, ça vaut plus cher que tous les privilèges du monde.

Ce texte a été écrit en suivant la règle
de l'accord de proximité.
Les adjectifs sont donc accordés
avec le nom le plus proche, qu'il soit
féminin ou masculin.

Merci à Martin pour les discussions,
les relectures, la joie, la combativité et l'amour.
Merci à Sylvie pour son regard toujours
très juste et très riche sur les textes.
Merci aux copines et aux copains Facebook
qui ont partagé avec moi leurs phobies et leurs
aversions en matière d'animaux moches.
Merci à la Ugly Animal Preservation Society
(Société de préservation des animaux moches)
qui milite pour qu'on se préoccupe des
animaux pas beaux.

Ouvrage réalisé par
Cédric Cailhol Infographiste.

Reproduit et achevé d'imprimer
par l'Imprimerie Corlet Numéric
Z.A. Charles Tellier, 14440 Condé-en-Normandie
en **octobre 2019**.

Dépôt légal : **avril 2018**
N° d'impression : **161593**
ISBN : 978-2-8126-1603-7

« Loi n°49-956 du 16 juillet 1949
sur les publications destinées à la jeunesse »

Imprimé en France